楼 | 适 | 夷 | 译 | 文 | 集

LOUSHIYI YIWENJI

楼适夷译文集

蒙派乃思的葡萄

〔法〕斐烈普——著
楼适夷——译

中国文史出版社

序　言

——适夷先生与鲁迅

在上世纪九十年代中期，适夷先生九十岁的时候，人民文学出版社出版了他几十年写下的散文集，又获得了中国作家协会中外文学交流委员会颁发的文学翻译领域含金量极高的“彩虹翻译奖”。这是对他一生为中国新文学运动做出的杰出贡献给予的表彰和肯定。当老夫人拿来奖牌给我看时，适夷先生挥挥手，不以为然地说：“算了算了，都是浮名。”

我觉得适夷先生是当之无愧的。

上世纪二十年代中期，适夷先生还不满二十岁，便投身于中国新文学运动，从他发表第一篇小说到发表最后一篇散文，笔耕不辍七十余年。仅凭这一点就足以令人钦佩了。

五四运动之后，中国社会面貌激变的伟大革命的年代，以鲁迅为代表的一批受过西方先进文化影响的青年作家们，以诗歌、小说等文艺作品，掀起批判封建主义儒家文化传统和道德观念，讴歌自由、平等、民主思想的狂飙运动。适夷先生在上海结识了郭沫若、成仿吾、郁达夫等创造社浪漫派先驱，开始了诗歌创作。在五卅运动中，他接受了马克思主义，参加了共青团、共产党，一面从事地下革命活动，一面办刊物，写下了大量小说、剧本、评论，还从世界语翻译外国文学作品，成为左翼文学团体“太阳社”的重要成员。

由于革命活动暴露身份，招致国民党特务的追捕。1929 年秋，他不得已逃亡日本留学。在那里他一面学习苏俄文学，一面学习日语，还写了许多报告文学在国内发表。1931 年回国即参加了“左联”，同鲁迅先生接触也多起来，在左联会议上、在鲁迅先生家中、在内山书店，领受先生亲炙。他利用各种条件创办报纸、杂志，以散文、小说的形式揭露国民党反动派的白色恐怖，号召人们起来抗争，同时他又大量翻译了外国文艺作品和马列主义文艺理论。苏联是世界上第一个无产阶级取得政权的国家，那是国内理想主义革命者们无上向往的国度。他们怀着极大的热情讴歌苏维埃人民政权，介绍苏俄的文学艺术。但当时国内俄语力量薄弱，鲁迅提倡转译，即从日、英文版本翻译。适夷先生的翻译作品大都是从日文翻译的，如阿·托尔斯泰的《但顿之死》《彼得大帝》，柯罗连科的《童年的伴侣》《叶赛宁诗抄》，列夫·托尔斯泰的《高加索的俘虏》《恶魔的诱惑》，赫尔岑的《谁之罪》。他翻译最多的是高尔基的作品，如《强果尔河畔》、《老板》、《华莲加·奥莱淑华》、《面包房里》以及《契诃夫高尔基通信抄》、《高尔基文艺书简》等。此外，他还翻译了许多别的国家的作家作品，如奥地利作家茨威格的《黄金乡的发现》《玛丽安白的悲歌》，英国作家维代尔女士的《穷儿苦狗记》，以及日本作家林房雄、志贺直哉、小林多喜二等人的作品。一次，和我聊天，他说解放前，他光翻译小说就出版过四十多本。鲁迅先生赞赏适夷先生的翻译文笔，说他的翻译作品没有翻译腔。适夷先生曾说翻译文学作品，最好要有写小说的基础，至少也要学习优秀作家的语言，像写中国小说一样翻译外国文学作品，才能打动读者。

其实，适夷先生的翻译工作只是他利用零敲碎打的工夫完成的，他的主要精力都投在革命事业上，因此，老早就被国民党特务盯上了。1933 年秋，他在完成地下党交给的任务，筹备世界反帝国主义战争委员会远东反战大会期间，因叛徒指认，遭到国民党特务绑架，被捕后押解到南京监狱。他在狱中坚贞不屈，拒绝"自新""自首"，被反动派视作冥顽不化，判了两个无期徒刑。由于他是在内山书店附近被捕的，鲁迅先生很快就得到消息，又经过内线得知没有变节屈服的实情，便把消息传给友人，信中一口一个"适兄"地称他："适兄忽患大病……""适兄尚存……""经过拷问，不屈，已判无期徒刑"，对适夷先生极为关切。同时还动员社会上的名士柳亚子、蔡元培和英国的马莱爵士向国民党政府抗议，施展营救。那时正有一位美国友人伊罗生，要编选当代中国作家的短篇小说集《草鞋脚》，请鲁迅推荐，提出一个作家只选一篇，而鲁迅先生独为适夷先生选了两篇(《盐场》和《死》)，可见对他尤为关怀和爱护。

适夷先生为了利用狱中漫长的岁月，学习马列主义文艺理论，通过堂弟同鲁迅先生取得联系，列了一个很长的书单，向鲁迅先生索要，有普列汉诺夫的《艺术论》《艺术与社会生活》，梅林的《文学评论》，还有《苏俄文艺政策》等中日译本，很快就得到了满足。他根本没有去想鲁迅先生那么忙，为他找书要花费多大精力，甚至还需向国外订购。适夷先生当时是二十八九岁的青年，而鲁迅先生已是五十开外的年纪了。后来，他每当想到这一点，心中便充满感激，又为自己的冒失感到内疚。

有了鲁迅先生的关怀，先生在狱中可说是因祸得福了，以前从事隐蔽的地下工作，时刻警惕特务追踪、抓捕，四处躲藏，居无定所，很难安心学习、写作，如今有了时间，又有鲁迅先生送来的这么多书，竟有了“富翁”的感觉。鲁迅先生说，写不出，就翻译。身陷囹圄，自然没法写作，他就此踏实下来翻译了好几本书，高尔基的《在人间》《文学的修养》，法国斐烈普的中篇小说《蒙派乃思的葡萄》，日本作家志贺直哉的短篇小说集《篝火》等，都是在狱中翻译，后又通过秘密渠道将译稿送到上海，交给鲁迅和友人联络出版的。

那时，适夷先生心中还有着一团忧虑。本来他年迈的母亲和一家人是靠他养活的，入狱后断了收入，家中原本就不稳定的生活，会更加艰难，虽有亲戚友人接济，但养家之事他责无旁贷。能有出版收入，可使家人糊口，也尽人子之责。当时翻译家黄源正在翻译高尔基的《在人间》，可当他在鲁迅的案头上看见适夷先生的《在人间》译稿时，便毅然撤下自己在《中学生》杂志上发表了一半的稿件，换上了适夷先生的译稿。那时《译文》杂志被查封，鲁迅先生正为出版为难。而在此之前，黄源与适夷先生并无深交。后来适夷先生一直念念不忘，谈到狱中的日子，总是感慨地说：鲁迅先生待我恩重如山，黄源活我全家！

新中国成立后，国家培养了大批外语人才，已无须转译，适夷先生便专注翻译日本文学作品，他翻译了日本著名作家志贺直哉、井上靖的作品，为中日文化交流做出了贡献。

同时他担任文学出版社负责人，也以鲁迅精神关怀爱护作者。当年羸弱书生朱生豪，在抗战时期不愿为敌伪政权服务，回到浙江老家，贫病交加中发奋翻译《莎士比亚戏剧全集》，呕心沥血，却在即将全部完成时，困顿病殁。适夷先生在新中国成立之初，就出版了他的（当时也是中国第一部）《莎士比亚戏剧全集》，当一笔厚重的稿酬交到朱生豪妻子手中时，她竟感动得号啕大哭。

五十年代，适夷先生邀请当时身在边陲云南的阿拉伯语翻译家纳训来北京，翻译了《一千零一夜》，这部为国内读者打开了阿拉伯世界的名著，至今仍为人们爱读。

六十年代，他邀请上海的丰子恺翻译了世界上第一部长篇小说《源氏物语》；发挥了旧文人周作人、钱稻孙的特长，翻译了当时年轻翻译家们无法承担的日本古典杰作《浮世澡堂》和《近松门左卫门选集》等，丰富了我国的外国文学宝库。

八十年代初，他年事已高，虽然离开了工作岗位，仍然向读者介绍好书。他得知“文革”中含冤弃世的好友傅雷留下大量与海外儿子的通信，便鼓励傅聪、傅敏整理后，亲自向出版社推荐，并写下序言。这本带着先生序言的《傅雷家书》一版再版，长年畅销不衰，尤其在青年人中影响巨大。他说就是要让人们“看看傅雷是怎么教育孩子的！”这样的事情太多了。

改革开放后，各种思潮涌现，八九十年代，社会上流行一股攻击鲁迅的风潮，我不免心怀杞人之忧，就跟适夷先生说了，他却淡然地答道：“这不稀奇，很正常的。鲁迅从发表文章那天起，就受人攻击，一直到他死都骂声不断。这些，他根本不介意。鲁迅的真正的价值，时间越久会越加显著。”

这真是一句名言，一下使我心头豁然开朗了。

在适夷先生这套译文集即将出版之际，再次感谢中国文史出版社付出的极大热情和辛勤劳动。我们相信通过“楼适夷译文集”的出版，读者不但能感受到先贤译者的精神境界，还能欣赏到风格与现今略有不同、蕴藉深厚的语言的魅力。

董学昌

2020 年春

目录

穷儿苦狗记

〔英〕维代尔

序

这本小小的故事，是英国维代尔女士的名著，维代尔女士本名叫作鲁绮思·代·棘美，一生写了许多给少男少女的美丽的文艺读物，为了她的伟大的功绩，英国政府每年赠送她不少的年金。

她生性爱好猫犬，她的作品中大多数是拿猫狗做主人公的，这本《穷儿苦狗记》，更是她的代表作品。

这故事是非常悲惨的，一个可怜的穷孩子和一条可怜的狗，经过了几多的努力奋斗，终于遭了悲惨的失败。全篇中充满了爱与同情的气氛，和卓越不拔的精神。

关于作者，还有一个逸闻，作者在晚年时生活很穷困，政府给她的年金，她都用来畜养猫狗，常常因此弄得自己饿肚子。当作者临终的时候，在她的床边的，只有一个女仆和几只猫狗。她对于动物的慈爱和动物对她的忠诚，这一切，在这册故事中也完全可以看到。

楔　子

离比利时的首都安多华大约七八里路，有一个小小的村庄，叫作富兰达斯。村庄的四周是很广大的麦田和牧场，一条大运河流过麦田和牧场的中间。运河的岸上，有许多菩提树、赤杨树，耸起着高大的枝干，一并排地立着。轻风徐徐地吹来，摇弄着树杪。在这个冷静的村庄里，只有二十来宅房子，四四散散地矗立着。房子的门都漆着美丽的油漆，有的是鲜明的绿色，有的是天空一样的蔚蓝色，屋顶上大半漆着红的玫瑰色。但其中有两家是漆着很调和的灰色，墙壁完全是白的，太阳光一照起的时候，白得更是好看。

在这富兰达斯的正中，耸起了一架唯一的风轮车。这风轮车是造在一个高高的小山上的，所以全个村子都望得见。

住在这村子里的人都靠这个风轮车磨麦子，自己家里是不磨的。

除这个风轮车之外，村子里还有一座高大的房子，便是教堂里的又细又高的尖塔。每天一到清晨和傍晚的时候，全村子里的人都听见这尖塔里响着悠长而清澈的钟声。

在这冷静的村子的边上，有一家很小很小的小屋。

这小屋的主人，是一个名叫约翰的老公公，这老人在以前年轻的时候，是一个英勇的军人，当法国拿破仑的大兵打到比利时来的时候，他曾经很勇敢地上过战场。在打仗时，他中了一粒敌人的弹子，受了重伤，他的腿子坏了，只好一生一世跛着脚走路。而且当这位老人满八十岁的时候，他的女儿在附近的亚丹思地方生病死了。她留下了一个刚满两岁的孩子。老人家里只有自己一个人，没有人可以看顾小孩，但是也只好把这男孩子收留了。

老人很穷，自己一个人过活已经很艰难，可是眼看着这可怜的外孙儿，到底忍不下心，便带到自己家里养了。这个可怜的失了妈妈的孤儿，便是尼罗。尼罗原来的名字尼哥拉思，但老人非常爱他，总是叫他尼罗宝宝，就此叫出名，大家都叫他尼罗了。

现在这位老公公是愈加老了，而且又非常的穷苦。能够安慰公公的晚境，和公公一起工作的，便只有尼罗。尼罗在这很简陋的小屋子里过着很困苦的日子，但是他永远是安心乐意的，没有不满足的时候。

这间小屋子，虽然名叫作屋，实际只是很小的草棚棚。但是草棚棚的四周，却种着许多豆、堇菜、南瓜之类的菜蔬。

约翰公公和他的外孙儿尼罗，在穷苦的生活中，刻苦地度日，有时候，甚至整天没有饭吃。在这种时候，他们便只好喝一点儿水涨涨肚子。即使有饭吃的日子，也没有一天能够吃得很饱的。如果有一天能够把肚子吃饱，那正是最快乐的一天了。

公公虽然这样的穷，可是性情却非常和善，对于尼罗也很慈爱。尼罗也永远天真烂漫，心地善良。两个人过活，每天只要有几片厚些的面包皮和几瓣白菜叶子，这一天便够吃了。此外，只要柏德在身边，便一切都满足了。

对于他们老小两个，柏德是很要紧的伴侣。它是一只狗，约翰公公和小尼罗却把它当自己的亲人一样。而且它对于两人，又是唯一的好友，常常安慰他们，鼓励他们。

如果柏德有一天忽然离开了他们，逃走了或是死了，那么，公公和尼罗也许会急得断气，或是吃不下饭了。真的，公公已经老了，什么工作也做不动了，尼罗还是一个小孩子，这两个人，也可以说是靠柏德过活的。

1. 柏德的来历

柏德，这只忠心的狗，怎样跑到约翰公公的家里来的呢？说起来，有着一段悲惨的故事。

原来富兰达斯地方的狗，毛色都是黄的，脑袋和四腿都比普通的狗高大，耳朵高高地耸起，像一只狼。自从它们上代的祖先以来，困苦的劳动，练成了四条结实的腿，每条腿都向外绷开，一看就知道筋肉很发达，气力很大。

柏德便是这类的狗，受着它富兰达斯祖先的遗传，在几十年的长时期中，做着无穷无尽的劳作。原来这地方的狗常常被人类很残酷地驱使，它们都会拉车，车轭和缰绳永远使它们受苦一生一世，它们的皮肉被沉重的货物车压伤。有时压得皮肉破碎，受了重伤，炸裂了疲劳的心脏，便口里吐着鲜血，倒在路边的瓦石堆里死了。这些狗，都负着这种可怜的运命。

尤其是在这一带，市上的街道完全敷着石子，非常的硬，从市上到村子的路呢，又是一瓣树荫也没有，而且很长。柏德的爸爸和妈妈便是在这种道路上受着叱骂，受着鞭打，劳苦了一生而死的。

柏德出世后三四个月便拉车子，身上受了很痛的伤，再加颈子上套上了一个铁圈，吃很大的苦。

它出世以后过了一年零一个月，养在一个五金贩子的家里。

这位主人是一个酒鬼，性子非常凶恶，常常虐待柏德。

主人每天只是喝酒，他的车子里装了许多锅子、铁盆、铅桶和别的铁器，堆得山一样的高，柏德便仗着全身的气力，拉这车子。主人的胖胖的身体，很得意地在旁边跟着，一边在黑色的烟斗里呼着烟，一边慢吞吞地走。路上走过，碰到有酒店菜馆，一家也不肯放过，自己跑进去喝酒吃东西。柏德很有气力，生来就吃得起苦，做这样的苦工作，从没有一次落过后，它永远拉着沉重的车子，永远受着鞭打，把皮肤都打破了，但它还是忍耐着，在这凶恶的主人手底下，一天一天地过活。

2. 有一天的事

这种痛苦的生活，过了大约两年。有一天，柏德和平时一样，拉了沉重的货车到名画家鲁宾思出生的一个镇上去，在一条树荫很少、尘沙很多的路上走着。

这是盛夏，这一天又热得格外厉害，柏德所拉的车子装了许多货，堆得山一样高，因此特别的重。但是主人却完全不管，依然在旁边慢吞吞地走。有时对柏德望了一眼，便挥着大皮鞭向它的腰边抽打。

“畜生，快走呀!”

这样地喝着，又向前走了。这时候，柏德仍只好把头摇摇，忍住了痛，使尽全身的气力，拉着车走。

有时在路上碰到有酒馆，主人便跑过去喝啤酒，可是却不肯让柏德休歇一会儿。有一次走过河旁边，柏德想喝一口水，拉着车向河岸边走，立刻，主人的大皮鞭落上了它的肚子：

“还要偷闲，快拉快拉!”

主人连一下儿都不肯让它休息，只是赶着它望前拉，拉……

足足二十四小时，一点儿东西也没吃，一口水也没喝，在火一样的太阳底下，拉着沉重的车，在热地上走，柏德的身子，渐渐地支撑不住了。

眼睛里飞进了灰沙，看不清前面的路，稍稍打一个脚软，鞭子立刻打下来，突然地，柏德感到一阵头昏，有生以来第一次蹩躠了一下。立刻，在白洋洋的沙泥路上，倒下了身子，口里吐出了一点儿白沫。

夏天的太阳，无边无际地照着，这只狗再也受不起痛苦了，已经快要死的样子，躺着一动也不动。

“嘘，还要装死吗？畜生！”

主人一边骂着，一边走到柏德身边来看。柏德歪着头，伸着脚，躺着不动。

主人一手提起了它的头，把它的嘴拍开了，看了一看，又望地上一掷，结结实实地用脚向它的身上跌了几脚，大声地骂：

“畜生，喂，快起来！”

柏德仍然不动，主人没有办法，便在路边找了半天，找到了条很粗的实树棍。

他就拿起了树棍子，望柏德的背上、肚子上乱打。但是，柏德只是动了动肚子，仍旧没有醒过来。

可怜的柏德，虽然被主人乱打乱跌，总是没苏醒过来，昏沉沉地躺在沙泥路上。

真的死了呀，那只好把它丢了。

他自言自语地说着，把缚在狗身上的车子档里的皮带解开来，重重地一脚，把柏德跌到路边的草堆中，很不高兴地，在嘴里喃喃地念着。没奈何，自己拉起车子，向路中的高堆上走去了。

这一天，是露凡镇地方举行一年一次的大节日的前一天，五金贩子急着要去赶市集，想早一点儿赶到，可以在那镇上找一块好的摆摊子的地方，不料柏德却在半路上翻倒了。因此很有些生气，拉着车子急忙忙地跑。这个凶恶的主人，一边流着满身的汗，一边拉着车子在路上走。他完全不想想，自己如果对这只狗待得好一点儿，就不致今天吃这样的苦。他想到的，却只是最好在路上找到一只狗，乘它主人不看见，悄悄地偷过来……他一边这样想着，好容易才把车子拉到了市集上。

可是柏德呢，被他一跌，就跌在乱草堆的泥沟中了。

3. 尼罗与柏德

因为是大节日的前一天，街上很热闹，路上往来着行人，有步行的，有骑驴子的，有坐在四轮马车或两轮马车里的，大家都很高兴地谈笑着，到露凡镇去赶节日。可是，到镇里去的人，没有一个人会想到，路边的乱草堆里，正躺着一只狗。其中也有些人，偶然看到，只当作没看见一样，无心地走过了。

过了一会儿，在这街上赶节的行人中，来了一个老公公，他的背驼着，走起路来一拐一拐的。他那样子不像是去赶节日的，只是默默地掺杂在那些高高兴兴的赶节的行人中，慢吞吞地拐着腿走。

这老公公，忽然看见了那路边的草堆里，一只狗一动不动地躺着。他立刻立住脚，脸上现出慈悲的神气，自言自语地说了：

“啊哟，可怜可怜！这是怎么一回事？”

他就跑到草堆中，在泥沟边坐下身子，很动心地看着这只死狗。

在这老公公的身边，是一个刚满三岁的小孩子，红品品的圆脸孔，黑晶晶的大眼睛，他也向草堆中跑了进来。那些野草有他胸口那样的高。这孩子心里想着，这是怎么一回事呢？两眼深深地望着这只断了气的狗。

老公公费了老大的气力，把这只狗抱了起来，抱到附近田野边的树荫底下。

“喂，尼罗，快拿一点儿水来。”

“公公，拿水做什么？”

“啊，闲话少说，快拿水来。”

尼罗跑到家里，装了一面盆水，战战兢兢，好容易才捧了过来。

老公公很亲切地抱起了狗，把尼罗拿来的水向它口里灌进去。

在树荫底下，这样地过了一会儿，柏德渐渐地苏醒过来，把它那样子很强健的四条红沉沉的腿子慢慢地撑起，在地上跌跌跄跄地走了一下。

“啊哟，尼罗，快看快看，活转来了。”

“啊，公公，死了又活转来了吗？”

“对了，对了，死了又活转来了！”

“好开心，好开心，我有一个朋友了。”

公公和尼罗看见狗活转来了，都高兴得了不得。

狗的元气还没有十分恢复，他们两人把狗扛到了自己的家里。

从此以后，一两星期之中，狗还不大有气力，只是跌跌跄跄地在屋子里走，仍然好像要死去的样子。

这清静的老公公和小孩儿两人，很亲切地照料着柏德，特地在小屋的角上堆了些枯草，替它造了一个床。

到了晚上，公公和尼罗，总是耸着耳朵听，听到狗的鼻息声，他们才肯安心入睡。

靠了这两人周到的看护，狗终于恢复了原来的健康，虽然还有点儿微伤，有时也会昂着大喉咙，汪汪地叫了。公公和孩子，一听到狗的叫声，都高兴地笑了起来。公公说："狗已经强健起来了。"他说着，欢喜得流了眼泪。

特别得到了意外的欢喜的，是小孩子尼罗，他立刻去采了一大把美丽的野菊花，做了一个项圈，把来戴在狗的项颈上，独自看着，高兴地拍着手。

这样地，柏德就完完全全恢复了从来的强壮，可是还略略有一点儿瘦。它知道现在养它的祖孙两人是非常的和善，和原来的主人完全不同，它的心底里就涌起了热烈的爱。

柏德是一只狗，但是对亲爱的待遇，它是不会忘恩的。它每天坐在地上，许多时候，一动不动地张着灰色的眼睛，装着很坚定的脸色，好似在静静地想，想知道这公公和孩子两个，每天所做的事。

约翰公公每天拉着一架小车，到村里养牛羊的人家去，装了牛奶和羊奶，然后再把奶送到安多华街上去。

村子里都知道这老公公诚实可靠，凡是送奶的事，都托老公公做。有时在村里，人家托公公管田、看牛、看鸡，送一点儿给他。

可是公公现在已经是八十三岁的老人了。到安多华去，走那条六七里长的路，已经有点儿困难了。

有一天，便是柏德完全复原的一天，它的红沉沉的项颈上戴着菊花的花圈，一边晒着太阳，一边看着公公很吃力地把奶桶搬到车子上去。

这第二天的朝晨，公公还睡着，柏德已起来了，它把自己的身体站在车档中间，脸上好似表示着，我愿意拉车子，我有气力。

公公起来，预备出发，走到车子旁边，忽然看见狗好似在等自己，他觉得奇怪，把狗赶开了。可是狗不肯走，它知道老主人不把车子缚在自己身上，便张开了嘴，用牙齿咬住了车档，想拉着走了。

赶了它好几次，它还是不肯走开，于是约翰公公屈服了，他想到这只狗，一定知道自己救了它的命，所以一心要报恩，他便心里感动了。此后，公公就把车档改做过了，可以用狗拉，每天叫柏德拉着车子去送奶。

一到冬天，公公更觉到救了一条狗的命，才得自己享福，对柏德益加欢喜了。柏德每天勤勤恳恳地拉车，从不偷懒，在落雪天里，它也是拉着送奶的车子，很勇敢地在雪地上飞跑。

柏德一想到从前的主人，把那样重的车子，硬叫它拉，还要走一步抽一鞭，所以对于现在老公公这辆又小又轻的绿色车，装上了闪闪发光的铜罐子，拉着跑路，是再快活不过的事了。而且这位和善的老公公，总是跟在它身边，很和善地对它说话。每天只要做三四个钟头的工，空下来，便在太阳底下睡觉，或是到田野去乱跑乱跳。

更运气的事，是柏德的前主人，有一次在节日里，吃醉了酒和别人吵架，被人家打死了。从此它可以不必担心，以前的主人再来找到它了。

4. 他们的工作

此后，又过了两年。约翰公公从来就是一个跛子，现在又新患了风湿，全身发了麻木，已经再不能跟着车子到街上去了。

这时候已满了六岁的尼罗，曾常常跟公公到安多华去，从此便代替公公，每天和柏德早起上街去送奶。

尼罗因为身体小，可以坐在小车子里。他每天坐着车上街，把奶卖掉，收了卖奶的钱，便立刻送到养牛羊的人家去。他勤勤恳恳地做，全不像一个小孩子，因此立刻在街上出了名，看见他的人没有一个不称赞尼罗好。

尼罗真是一个好孩子，他又生得美，黑晶晶的眼睛，脸孔上带着红晶晶的玫瑰色，头发很光洁，很长，直披到领背上。安多华的画家中，有好几位都画了这孩子、牛奶车和拉车的狗的图画。

绿色的牛奶车上，闪着白铜的牛奶罐的光，拉车的一只红黄色的高大的狗，车档里挂着一只铃，丁零零、丁零零地响着。坐在牛奶车上的，是一个可爱的孩子尼罗，他赤着一双又小又白的脚，套上了一对又大又重的木靴子，恰像是名画家鲁宾思的画里走出来的一样。看见了这个活泼天真的孩子的脸，真有一种说不出的快感。

尼罗和柏德两个，都很快活地做这种送奶的工作。夏天来了，可是约翰公公的身体，还是一样的不行，公公再没有气力自己出门去了。每天坐在小屋门口的日阴底下，看尼罗和柏德从开着篱笆的板门走去以后，便昏昏沉沉地打瞌睡。

一听到打三点钟，公公便醒过来，走到篱笆门外边，等孙儿和狗回来。

柏德拉着空车快走近家里的时候，便快乐地叫着：

“公公，我们回来了！”

远远地听见了尼罗的声音。

“好，来了，来了！辛苦了，快去歇一会儿！”

公公亲热地慰劳着他们，狗颈上的皮带也脱落了。尼罗便很得意地计算着一天的工钱，告诉了公公。

接着，便是面包、牛奶，再加肉汤，大家快快乐乐地吃夜饭了。抬头看看门外的田野，树影子已长长地横在地上，教堂的尖塔像做梦一样的，茫然地在暮色中浮着。

吃过了夜饭，公公便给尼罗讲些故事，然后大家上床睡觉。这样的日子过了好久，过了好几年。而且尼罗和柏德的生活，永远是天真、幸福和健康的。

5. 尼罗的去处

尼罗他们住着的地方，是比较冷静的，一眼望去，都是茫茫的麦田、菜田和牧场，一块块地接连着，引得起注意的，就只有教堂的高高的尖塔，和零零落落地走过田边的行人的影子。这情景简直跟一幅图画一样。

每天，尼罗与柏德做完了一天的工作，便一起到田野上玩，这是他们唯一的乐事。他们两个把身子横躺在河岸的草丛里，眼睛望着一些装货的船缓缓地在河上驶过，鼻子里闻到一阵阵的野花香，耳朵听着潺潺的水声。

可是在冬天，他们就寂寞了。

冬天天日短，一会儿就夜了，他们的事情，常常不能在白天都做好，一家一家送舒齐，天色就暗了，他们就只好匆匆地赶着暗路回来。

在白天，太阳光暖和和地照着，小屋子里还算不冷，可是一到晚上，许多小小的破墙洞里，风嘟嘟地吹进来，实在有点儿冷，他们便只好爬进冷冰冰的被窝里。田野上的草木都枯萎了，有时候甚至冷得地上滴一点儿水，立刻结成冰。尼罗的小小的手，一天到晚冻得像红萝卜；柏德呢，它的四只勇敢强壮的脚，也常常被路上的冰冻冻伤。

天气虽然是这样冷，但是他们一点儿也不畏怯，每天一清早，尼罗和柏德俩，响着丁零丁零的铃声，高高兴兴地在结冰的路上跑，跑到安多华街上去。

一到街上，就有些女人家，拿些面包和肉汤来给他们吃。有些店铺子，给他们一点儿柴，他们便放在归途的空车子里，带回家去。

因此，这肮脏的小屋子里，永远是幸福的。虽然有时候，柏德睡到半夜里感到肚子饿；有时候，不管天冷天热，无论在盛夏的正午，在冬天的清晨，都得工作；有时候，脚指头被小石子扎伤，感得一阵阵的疼痛；但是它一点儿也不觉得苦，每天只是忠忠心心地跟着小尼罗工作，只是微微地笑。

那个安多华的街市里，有许多古老的大屋子；这街市是一个小小的商场，来来往往的都是做买卖的人，和那些古老的大屋子是完全配不上的。可是，这地方，却出过一位世界有名的大艺术家，他的名字叫作鲁宾思。

鲁宾思如果不出身在这个地方，这地方一定不会这样热闹，安多华这个地名，变成世界有名的艺术地，就为了鲁宾思的名气。

这街市的正中，有一所很庄严的圣杰丽爱美术院，鲁宾思的坟墓，就在这美术院里面。森森的古柏，迎着风微微地动着叶子，一个伟大的艺术家，葬身在这个庄严的美术院里，真是多么的使人敬仰。

安多华人对于这位大画家都非常尊敬，认为地方上最大的光荣。不单是安多华，全个比利时国的人，全世界的人，在他的生前死后，都尊敬他的伟大的艺术。

柏德常常担心，因为每次尼罗到街上来，一走到这个美术院门口，便跳落车子，跑进里面去了。柏德冷清清地等在门外边，真觉得无聊，它不懂，为什么它的小主人，老是丢下了它，跑进那样的地方去。

它想，到底尼罗为什么把自己丢开呢？有几次，它也不管车子背面拖着牛奶车，想跟了进去，但是大门口，一个穿黑褂子的大汉，把它拦住，不许它进去。

没有办法，柏德只好坐倒了车子在门外面等。大约过了个把钟头，尼罗从里面走了出来。可是，每次从美术院大门出来的时候，小尼罗的面色都不同，有时好似很兴奋地发着红，有时好似很颓丧，脸色发着苍白，低着头，满不高兴。这样地，他就回到家里，默不作声地坐着，好似想着什么心事，也不带柏德一起去玩。只是靠着窗口，望着渐渐昏黑的天空，样子很是可怜。

这使柏德更加担心了，它尽可能地不离开尼罗的身边，无论是夏天时候到田野上去跑，或是到街上去，总是紧紧地跟住了尼罗。

可是尼罗却只是爱到那个美术院里去，每次尼罗一走进美术院的大门，柏德就留在门外边，把身子坐倒，伸伸懒腰，打打呵欠，有时等得不耐烦了，便叫了起来，催它小主人快出来。可是尼罗一进去，总不大肯出来。直到快近黄昏，美术院将关门的时候，才慢吞吞地走了出来。一出来，便抱着狗的头亲嘴，而且老是说着同样的话：

“柏德，我真想看那张画呀，只要我看一看那张画，我就什么都满足了。”

柏德不懂得小主人的意思，只是张大着两只眼睛，亲热地对着他的脸望，好似表示着自己的同情。

6. 梦想的名画

有一天，美术院门口那个穿黑褂子的大汉，恰巧走开了，大门有半扇开着，柏德便偷偷地溜进去找尼罗。

美术院大厅的墙上，挂着许多油画，中间有一幅顶大的，框子上面包着一块布，这是尼罗常常想看一看的那张名画。

尼罗呆呆地对着这张画站着，像是出了神的样子。柏德发现了小主人的影子，便悄悄地走到他的身边，立着不动。它那小主人忽然望见了它，便两手把它抱起来，小眼睛里流下了眼泪。抱了一会儿，他便指着对柏德说了：

“柏德，你看这张画，不是用布包着吗？美术院的人，故意把它包起来，有人要想看一看，就得出钱，我没有钱，他们就不许我看。可是画这张画的画家，绝不会说不给穷人看的，我想，他画了还一定是专门给穷人看的呢。许多穷人都想看，可是他们却把这张好画用布包了起来。只等有钱人来，花了钱，才肯打开来给人看。柏德，我真想看这张好画呀，我们一定去弄一点儿钱来，几时看一个饱。只要我能够看一看，我就是死也甘心了呀！”

尼罗一边说着，一边声音渐渐地激昂起来了。可是尼罗总没有办法来看这张画。

在这座大美术院里，藏着许多名画，可是这一张鲁宾思的《穷人》，却是最有名的世界杰作，有许多研究美术的人，为着要看这张名画，特地从很远很远的地方跑来。美术院里的人，便借此捞钱，不出钱就不能看，这对于少年尼罗，真是莫大的痛苦。而且尼罗的痛苦，也真是柏德的痛苦。

他们都是没钱的，甚至每天买点儿柴草，买点儿肉食，已经十分困难了。可是尼罗却只是一心地想看这张鲁宾思的杰作。

每天，太阳还没有升起，街上的人们还都睡在床里，尼罗便坐在小小的牛奶车里，由柏德拖着，在安多华的冷清清的街上，一家一家地送牛奶。尼罗的心中，只是想着，自己几时也成为一个鲁宾思那样的大画家。

不管天冷，不管下霜，也不管自己脚上没有袜子，这一切他全不在意，在他的心中，只是心心念念地想着那张世界的杰作。

这位贫穷的孩子，每天几乎连好好儿的饭都不曾吃饱过一顿，生来又没有受过高深的教育，可是他却有着一种艺术的天才，而且这个天才，全没一个人知道。

甚至连尼罗自己，也不很知道自己的天才。知道他的天才的，只有他的一位好朋友——那只柏德。尼罗常常拿着一支粉笔，在地上画些树木、动物之类的东西，柏德便在一旁静悄悄地望着，现出很赞赏的样子。当尼罗和柏德一起躺在那铺稻草的小床里的时候，尼罗常常心中默默地想，我一定要做一个大画家。有时候，他想着，不禁流下了眼泪。

约翰公公近来只是生病，躺在床里不会起来。每天尼罗做好了事回来，他总是说：

“尼罗，你快快长大起来，这个家便是你的了，你勤勤恳恳地做，弄一点儿田地，公公我死了也放心了。”

在这一带地方，能够有一点儿田地，就算很不错，约翰公公从小就想自己买一点儿田地，东跑西跑地奔忙了一世，辛苦了一世，结果还是一个钱也没多下来，终于不能如愿，因此他只好把自己的希望，去希望尼罗了。

可是尼罗的心思，却跟公公完全不同，他所想的，只是做一个大画家，像鲁宾思那样，留下一些杰作，挂在美术院的大厅里。而且他想他一定对美术院里的人说，不许有钱人看自己的画，他的画要专心给没钱的人看。但这个小小的梦想，如果告诉了躺在床上的公公，公公将会多么失望呢！因此他决定不向公公说明，只偷偷地告诉了柏德。在早上去赶车的时候，在河岸上躺着吹风的时候，他就背着公公低低地告诉柏德。柏德似乎很同意他的志望，静静地低着耳听。

7. 亚绿霞的家

这村子里最有钱的一家，有一个可爱的美丽的小姑娘，她十二岁，名字叫作亚绿霞。

亚绿霞的家，便是那小山上有一架大风车的房子，她爸爸是做磨坊生意的，在这地方，算是最有钱的一家。

小亚绿霞老跟尼罗和柏德一起玩。

一起到田野上去，一起在雪地上跑，有时候也一起上街去，她跟尼罗和柏德一起，就再快活不过。

尼罗也欢喜她，爱跟她玩。

亚绿霞常常问尼罗：

“尼罗，你大了做什么？”

“亚绿霞，我想做一个大画家，像鲁宾思那样的。”

“好呀，这最好也没有了！”

听到亚绿霞称赞，尼罗更高兴了。

亚绿霞的爸爸名叫珂瑞，他倒是个好人，只是性情有些固执。有一天，亚绿霞的爸爸走到自己屋子后面的田野里，看见了自己的女儿和尼罗、柏德在一起。

亚绿霞在中央的草堆上，柏德把红黄色的头靠在她的膝上，头颈里套着一个野花编成的花环。

尼罗把身子伏在他们对面的草地上，正拿着一支木炭，在一块松板上一心一意地写生。

亚绿霞的爸爸悄悄地走了过去，看他作画。这张画画得很不错，越看越像亚绿霞。不知他怎样地一想，忽然大声骂女儿了：

“亚绿霞，为什么不回到家里去？你妈妈刚才正在叫你呀！”

亚绿霞被爸爸一骂，便只好立起来回家去。尼罗吃了一惊，抬起头看见珂瑞，珂瑞好似有点儿发怒。

“怎么，你干这玩意儿做什么？”

说着，就一手夺起了尼罗手里的画板，尼罗没奈何，涨红了脸，低着头小声地说：

“我看见东西就画！”

磨坊老板不作声，一只手探进衣袋里，摸出了几毛钱来，叫尼罗拿：

“尼罗，这种玩意儿可不是你干的呀，你有空，就去做点儿别的事好了。你的画倒画得很像，让我拿去给亚绿霞妈妈看，给我拿去吧！这钱给你。”

尼罗的脸更红了，他把手缩住，摇摇头，天真烂漫地说了：

“珂瑞伯伯，你要这张画你就拿去，钱我不要，你老对我们很好的。”

说着，他就带了柏德，跳过了田，向草地的一边走去了。草地上开满了小花，他们便坐了下来。

"柏德，我如果拿了那几毛钱，我们就可以到美术院去看那张鲁宾思的画了。可是，我不能把亚绿霞的写真卖钱……"

他一个人对着狗说了。

亚绿霞的爸爸拿着那张写真，满不高兴地走回到自己的屋子里去了。

到了晚上，他就对妻子说：

"你不许让亚绿霞常常跟尼罗去玩！"

妻子说：

"亚绿霞只是爱跟他玩，一天不看见他，心里就记挂。"

这时候，磨坊老板就把那张松板画，摆在火炉架子上，正对着细细地看。他又说了：

"这孩子太不长进，家里这样穷苦，还一心想画画。"

说着，慢慢地吸着烟斗。

老板娘从来是听从丈夫的，从此就不许亚绿霞再和尼罗一起玩。

实际上，在妈妈的眼里看来，女儿一离开了最好的小朋友，心里是多么不快活。况且那个孩子，除了穷，也没有什么不好的地方，一定要禁止他们一起玩耍，实在是太残忍了一点儿。

从此以后，尼罗就不到磨坊来玩了。

尼罗完全不懂，到底为了什么，使珂瑞伯伯这样不高兴自己。

有时候，尼罗偶然在磨坊门口走过，亚绿霞便跑出去叫他，可是他只得苦笑了一笑，很伤心地说了：

“亚绿霞，你爸爸要不高兴啦，你不要再和我一起玩了。你爸爸一定以为我要把你带坏，所以你跟我一起，他最不快活。你爸爸不是对你很好的吗，我们不要叫他不快活呀!”

现在，当尼罗带了柏德走过梧桐树下的小路，回到小屋子里去的时候，他已经没有从前那么的快乐了。

小山的红风车，在尼罗看来是多么的触目。在从前，尼罗走过这儿，总把脚步站下来，和磨坊里的人打招呼。一会儿，黄金头发的亚绿霞，便从板门里现出脸来，小小的手里拿了一些面包皮和鱼骨头，给柏德吃。

可是现在呢，磨坊的板门关得很结实，尼罗每次走过，总得把脚步赶紧些。柏德感到莫名其妙，也只好跟着他跑快点儿。亚绿霞在窗子里远远地望见尼罗，仍旧坐在暖炉旁边的椅子里结绒线衫，偷偷地流下泪来，滴到手背上。珂瑞老板一边忙忙碌碌地在粉包和筛粉机器中间做活，一边心里想：

“嘿，要这么才行啦。这孩子穷得可以，大概从此不会想什么坏念头的了。”

尼罗和亚绿霞俩，就这样地渐渐疏散了起来。

有时候，尼罗独自跑到田野上，想起以前每天和亚绿霞一块儿玩，一块儿笑，日子过得多快活。

可是尼罗画了那张松板画，却到现在还放在亚绿霞家的火炉架子上。尼罗真不懂，为什么自己的画倒要拿了去，自己这人却不受人家欢迎。于是他想起约翰公公常常对他说的一句话来：

“我们是穷人，穷人没法子，一切都只好忍受，顺来顺受，逆来逆受。天底下只有穷人，是不能随自己欢喜，任意拣挑的。”

可是尼罗的心底里，却茫然地反抗起来：

“穷人也是人，当然也可以照自己欢喜的去干，只要不干坏事，谁能说不好呢?”

尼罗深深地相信这句话。

8. 小小的希望

一个夏天的傍晚，尼罗一个人站在河边麦田上，独自出着神。黄昏的天空中，连一朵云影也没有。太阳射着最后的光芒，向辽远的地平线上落去。

亚绿霞恰好也跑出来看美丽的暮景，忽然看见尼罗，连忙跑了过来说：

“尼罗，我真不快活呀！”

尼罗出于不意地听见了这说话的声音，忙回过头来看，看见好朋友亚绿霞的美丽的脸：

“为什么？你为什么不快活啦？”

亚绿霞靠近尼罗的身边，很悲哀地哭了起来。

“亚绿霞，你为什么要哭呢？”

“我……我觉得很伤心。”

因为明天便是亚绿霞的生日，如果是从前，一定要请尼罗来一同吃夜饭，大家在厅堂里跳舞唱歌。可是今年却完全不同了，爸爸和妈妈，都不许再叫尼罗来。

少年尼罗听了亚绿霞的话，在胸中下了一个决心，大声地说了：

“喂，亚绿霞，不要再伤心啦，我一定要使自己做一个大人物。将来我那张给你画的像，一定使人家出了大钱也买不到。那时候，即使是你爸爸，也绝不会把你关在屋里，不许我进去了。亚绿霞，不要忘记我，我一定做一个大人物。”

“你说我会把你忘记吗？哪里哪里……”

亚绿霞板起了流着眼泪的脸，发起气来。

尼罗看见亚绿霞发了气，不知要怎样才好，凝着两眼，一动不动地望着她的大眼睛，在她的眼睛里，照着黄昏中的尖塔的影子。

尼罗没奈何地笑了一笑。

“我，我一定做一个大人物，亚绿霞，如果我不成功，我，我就死！”

他说着，深深地透了一口气。

“你死，你就把我忘了吗？”

亚绿霞说着，轻轻地把尼罗一推。

尼罗摇摇头，笑了：

“那么，我们下次再见吧！”

“好，再见！”

“赶快回家里去吧，莫叫爸爸知道了又不高兴！”

两人互相道了别，尼罗呆然地站着，直望到亚绿霞的影子，在金黄色的麦田中消失了。冷清清的黄昏的晚钟，从教堂的尖塔上响了起来，他还不想走回自己的小屋子里去。

这时候，尼罗这样地幻想着——

我离开故乡，到城里去努力用功学习，变成一个大画家，再回到村子里来，全村的人们都跑来欢迎我，连亚绿霞的爸爸也来了。大家只要望一望我的脸，心里就快活，互相说着：

“你看，他很有名呢，全世界都知道他的名字，他是一位了不起的大画家。从前他却是一个可怜的穷孩子，靠一只狗过活的，可是现在，他发达了。”

于是，这时候，我便跳落了用四匹马拖的大马车，走到亚绿霞的家里去，许多许多的人，跟在我的后面。

对啦，对啦，那时候，我就买许多皮袍子给公公穿，我还要替公公画一张像，像美术院里的那张圣人图一样。还有，还有，买一个黄金的项圈给柏德，戴在它的颈子上，我把它带在自己身边，对那些崇拜我的人说：

“这只狗，是我最好的朋友！”

以后，我就在那风景最好的小山上，造一座大房子，完全用大理石，像皇宫一样。我还要把全村的穷苦孩子都请来，教他们读书，教他们学画。如果有人称赞我，我便说：

“不要称赞我啦，我算得什么呢？我们应该称赞鲁宾思。如果没有鲁宾思，我也没有今天这一日呀！”

……他正做着这样的幻想时，天空中已照起了几粒星星，他抬起头来看，想不到已经夜了，连忙跑回自己的家里去。

抱着高大的希望，做着遥远的幻梦，这对于尼罗，是非常的幸福。

亚绿霞生日的那天晚上，尼罗和柏德两个，在自己那阴暗的小屋子里，互相冷清清地对坐着，咬黑面包当了夜饭。

可是，在亚绿霞家的磨坊屋里，全村子的小孩子都到齐了，大家唱歌的唱歌，跳舞的跳舞，灯火像星月一样的明亮，快活地跳跃着，笛子和胡琴发着美丽的声音，散满了富兰达斯村的夜的空际。

尼罗和柏德吃完了夜饭，便坐在屋门口，静静地听着从磨坊里吹来的乐音。尼罗一只手托住了狗的头颈，低声地说：

"喂，柏德，你看着吧，我们快乐的日子快要到来了呢！"

他们两个直听到夜深了，才蹑着脚走进屋子里，上床睡觉。公公躺在破被窝里说了：

"今天是亚绿霞的生日吧？"

尼罗不想把今天的事使公公知道，可是被公公一问，也只好点了点头：

"哎，是的呀。"

"那么，尼罗，你为什么不去呢？"

公公看见尼罗郁郁不欢的样子，又接着问下去了：

"尼罗，你不是每年都去的吗？为什么这一次却不去呢？"

"可是……可是……我因为公公病着呀！"

尼罗含糊地应了一声，把小小的脸向着公公望。

"什么？为了我生病吗？我有佩莱妈妈来看顾我的呀，你只要对她说一声去就好了。"

可是尼罗又只含糊地在嘴里说了一声：

"不过……"

便站在床边不作声了。公公觉得莫名其妙，便又接着问：

"尼罗，你没有和那姑娘吵嘴吧?"

"没有没有，我哪里会跟她吵嘴……"尼罗很快地回答了，脸上有点儿发红，他又说：

"没有什么，公公，只是那位珂瑞伯伯，今年不来叫我去，他对我有点儿不大好。"

"你没有对他做过坏事吧?"

"我不知道那一次是不是坏事……"

"这……这是怎样的一回事?"

"我不过替亚绿霞画了一张像。"

"没有别的?"

"没有别的!"

"啊，原来如此!"

公公这样说了一句，便不作声了。听了尼罗的话，公公已明白了事情的原委。

公公轻轻地伸出一只手来，把尼罗抱到自己的胸口，他说了：

"尼罗，你要知道，你是一个穷孩子呀!"

公公的声音已有点儿呜咽：

"尼罗，因为我穷，使你也受苦，我真是对你不起!"

"不，不，公公，我很快活呀，我们穷点儿也不要紧的!"

尼罗摇着头轻轻地说，他相信，他有一个好公公，便比谁都富足了。

尼罗又走到屋门口立着。

夏天的夜，渐渐地深起来了。高大的梧桐树，被风吹拂得轻轻地响，好像奏着音乐。天空中闪满着星群，尼罗抬头茫然地望。

小山上的磨坊屋子里，每一扇窗子里都照出了明亮的灯光，断断续续地漏出笛子、胡琴的声音。听了这个声音，尼罗不禁偷偷地掉下泪来。但是一会儿，他却轻轻地笑了一笑，自言自语地说了：

“什么，后来的日子还长呢，我一定做一个大人物给他们看看。”

直到四野完全静寂，磨坊屋的灯光都熄灭了，尼罗还呆呆地站着，看见磨坊屋门口，走出许多快乐的孩子来。他们庆贺了亚绿霞的生日之后，都欢欢喜喜地回家去了。

他轻轻地对着磨坊说：

“亚绿霞，请早点儿安息吧！”

说了一句，就带着柏德走进屋里，摊开了床铺睡觉了。

9. 尼罗的秘密

尼罗有一个秘密，除了那条狗以外，没有别人知道。他在那小屋子里，弄了一间小小的房子，小得只有他一个人才能够进去。

这间小房子又脏又乱，可是向北开着一扇窗子，有很调和的光线。尼罗在这房子里，拿一些木片做了一个很简陋的画架子，架子上放了一张白纸。在这张纸上，尼罗一心一意地绘画，凡是他欢喜的东西，他都要画。

没有一个人教他绘画，可是他的画却画得很不错。他连买画具的钱也没有，常常把买面包吃的钱省下来，积蓄了一点儿，就去买很粗劣的画具。

现在尼罗画的，是一个老头子，坐在一株倒在地上的大树上。这老头子是砍柴的米塞伯伯，每天傍晚的时候，尼罗常常看见他这样地坐着。

关于绘画上的轮廓、构图、线条、影光等等，从没有一个人教过他，他却总是凭着自己的意思，画得很出色。

这张画上，四周是笼罩着沉沉的暮色，一位砍柴的老伯伯，静静地坐在仆倒的树上，吃尽世上的辛苦的脸上，做着悲郁的神色，好似心里正在想着什么的样子。这情景完全是有诗意的。

这画当然还有许多缺点，但是一点儿没有虚伪的做作，完全是秉着自然的、忠实于艺术的作品。

当尼罗一心一意地从事作画的时候，柏德总是立在他的身边，一动不动地看他画。尼罗的心中抱着一个很大的希望，希望这张画能够得到第一名。

因为安多华城里，每年举行一次少年人的绘画竞赛，凡是年在十八以下的孩子，不论是不是学校里的学生，都可以拿自己的铅笔画、木炭画送去。取得第一名的，便可以得到两百法郎的奖金。出了大画家鲁宾思的这个城里，这是唯一的绘画竞赛会，因此热衷的少年们，都努力地从事绘画了。

竞赛会中请三位名画家做审查员，照作品的优劣评定甲乙。

尼罗也就抱着这个大希望，想得到那笔奖金。从这一年春天以后，就努力着这幅大作。

如果这一回竞赛能够得到胜利，对尼罗便是出世立业的第一步，而且从此自己就可以投身到爱好的艺术中了。他这个大希望和大计划，从来没有告诉过别人。

对公公说，也许公公会笑吧？想对亚绿霞说，可是亚绿霞和尼罗已经疏散了，所以尼罗只好对柏德说：

“喂，柏德，鲁宾思的在天之灵，如果明白我的至诚的心，他一定会保佑我得到胜利的呀！”

柏德以为鲁宾思这人，一定也跟自己的小主人一样，对狗很好的，因为他那些画里，也常常画漂亮的狗！

拿到竞赛会去的画，照例是每年 12 月 1 日送到会场里，24 日决定评判。如果能够当选的话，那么，圣诞节的那一天，便可以和大家相见了。

冬天的有一日傍晚，天异常的冷，冷得几乎把手指头都要冻下来。尼罗把那张画放在车子上，和柏德一起到城里去，他的心里，一会儿觉得很有希望，得意地笑了起来；一会儿又觉得会失望，心头便卜溜卜溜地跳动。

车子走到展览会会场的门口，便停了下来。

“我的画，大概要落选的吧。”

他这样地想着，糊里糊涂地把画送进去了，才透了一口气。

一个乡下的无名少年，从来没有受过良好的教育，连做梦也想不到会拿了自己的画请大艺术家去评判。尼罗出了会场的大门，向着美术院的一边走去，他的心境才平静了起来。

他一边走，一边做梦似的冥想，好似在阴暗的街上的空气中，现出了鲁宾思的伟大的面影，而且鲁宾思正在微微地笑着，很亲切地对着尼罗低低地说了：

“喂，好孩子，不要灰心，我在这安多华城里没出名的时候，如果早灰了心，也绝不会有成功的日子的呀！”

尼罗一边鼓励着自己，一边和柏德两个在又暗又冷的路上赶回家里去。

这一夜，尼罗回到屋子里，天就下起雪来了。从此以后，每天每天只是接连着下，四边的田野、道路，都埋在一片白色之中，只剩下一条小河里没有雪，可是河水也已经结了冰。

一下雪，每天送牛奶就很苦。每天朝晨，天还没十分亮，就得起来，田野上的寒风，吹得满身发战，路上冷寂得同死了的一样。

尤其是那条狗柏德，尼罗一天天地大起来，强壮起来，狗却一天天地老起来，衰弱起来了。

骨节发了硬，常常酸痛，可是柏德从来不肯放弃自己的责任。

有时候，牛奶车的木轮子，被地上的冰雪冻住了，再也拉不动，尼罗便在车后面装了一个档，帮着柏德推送。有时候，碰到不平的路，或是生了冻疮，脚痛得很厉害，可是柏德依旧拼命地在颈子上用着力，拖着牛奶车出去。

“柏德，你且留在家里吧，车子让我独自拉好了。”

尼罗常常这样说，可是柏德总不肯听他的话，它知道小主人的好心，但是它还是工作。

每天朝晨起来，柏德就站在车子档里，等尼罗来，而且每天很勇敢地在雪地上跑来跑去。

柏德总是这样地想：

“活着一天，一定要做一天的事。”

有时候，它眼睛一阵昏黑，路上的东西都不看见了。而且朝晨从草窝里起来，周身都觉得酸痛，每天教堂里的钟声一响，照例柏德便起来做事，看它从草窝里跳起来的样子，也觉得它实在是衰老了。

约翰公公伸着一只皮包骨的手，摸摸狗的脑袋说了：

“柏德，可怜你也老了，还是跟我一起休息休息吧。”

说着，便剥一点儿面包皮给它吃。而且他想起自己已经老得很，便觉得很是担心。

10. 嫌　　疑

有一天下午，尼罗和柏德从安多华回来。路上的积雪都硬得结住了冰块，像一块大理石一样，盖满了四周的荒野。

他们两个，满身被寒风吹着，正要弯过一个转角，向自己小屋的方面走去，忽然看见地上落着一个洋娃娃，有六七寸长，样子很好看。

尼罗俯倒身子，拾了起来，向四边望了一望，不知是哪个落下的。他想，我拿去送亚绿霞去吧，她一定欢喜。

这天晚上，尼罗就到磨坊屋子里去。

他知道，那边有一扇小窗子的地方，是亚绿霞的房间。亚绿霞房间对落，有一带低低的围墙，尼罗就偷偷地爬上了墙头，走到小窗子口，轻轻地打了几下窗子。

窗子内点着一盏灯，亚绿霞的美丽的影子照在窗上。

“什么人？什么人?”

“是我，亚绿霞，是我呀!”

亚绿霞把窗子打开了，大大地吃了一惊。

“不要慌，我有一件好东西送给你，你看，一个洋娃娃，多好看。我在雪地上拾了来的。快拿了吧！”

尼罗便把洋娃娃交给了亚绿霞，轻轻地跟她握手。

“谢谢你，尼罗！”

不等亚绿霞说完，尼罗就跳落了墙头，向黑暗中跑去了。

亚绿霞双手抱着洋娃娃，向黑暗中深深地望着，眼里流下泪来。

就在这天的半夜里，亚绿霞的家里失了火，只剩磨坊场和住宅总算没有烧掉，其余的栈房房子都烧掉了，损失了许多麦子。

在这小小的村子里，立刻闹得不可开交，安多华方面的救火车也在雪地上开来了。

幸而栈房房子是保了险的，所以还没有多大损失。可是磨坊老板大大地发了火，他说这场火灾，一定有人放火的。

这晚上，尼罗回到家里以后，已经睡着了，听到失了火，慌忙起来，跑到磨坊屋里，帮人家一同救火。

等火熄了之后，珂瑞老板气呼呼地望着尼罗说了：

“喂，尼罗，今天晚上，你到这里来过，我知道的，你一定明白这火是什么人放的。”

说着，便拉住了尼罗不放。

尼罗大大地吃了一惊，默着不敢作声。许多来救火的人都斜着眼向尼罗看。尼罗脸色转了青白，身子索索地抖了。

当发生火事的第二天，磨坊老板便见人就说。虽然没有人向尼罗去问，但大家都知道了，磨坊失火以前，尼罗曾经一个人在暗地中走，因为磨坊老板不许他和亚绿霞做伴，所以他怀了恨。

况且说这话的是有钱人，在村子里大家都相信，有钱人说的话不会错。因此满村的人，见了尼罗，都做出鬼脸来了。

从此，尼罗和柏德两个，每天早晨到人家去问要不要把牛奶送到安多华去的时候，那些养牛的人家，便没有从前那样客气了。

磨坊老板的妻子，脸上挂满着眼泪，战战兢兢地对丈夫说：

“那尼罗实在太可怜了，那孩子一向很天真很正直，我总觉得他不会做那样的坏事。”

可是珂瑞老板呢，自己的话既然已经说出了口，不可再收回，他心里虽然明白自己未免太过火了，但是他可没有勇气取消自己的话。

关于这事，尼罗静静地想了想，也勉强忍耐住了，不过有时候，自己和柏德两个留在一起，他又开始担心起来。可是没一会儿，他又转过了念头，在自己的心中，独自地安慰着自己：

“不打紧，不打紧，只要我那张画当了选，村子里的人便会明白我了。”

入世未深的小尼罗，忽然遭了这天大的冤枉，正是再痛苦也没有了。尤其这是冬天的事，天天接连下雪，又冷又饿，因此这痛苦更加厉害。

在冬天，全村的人，大家坐在火炉边讲讲，是这村里唯一的娱乐。可是尼罗和柏德却被人屏弃了，他们只好留在自己冷冰冰的小屋子里，陪着害病的公公。

炉火熄灭了，要烧又没有木柴，肚子饿，要吃没有东西，像这样的情形，是常常有的。

尤其是安多华街上，最近开了几家牛奶店，店里的人每天自己用驴车到村子里来收牛奶了。所以等着尼罗那辆小小的绿色车的，已只有三四家人家了。

因此柏德拖的车子渐渐轻了起来，尼罗袋子里收入的钱也少起来了。

每天牛奶卖给尼罗的，是一定的几家，可是尼罗把车子停在这几家的门口等了半天，人家还是不开出门来。那些人家想起珂瑞老板说他的话，便无意地不高兴向尼罗的牛奶车卖牛奶了。没奈何，尼罗只好拖着空车子回家。

11. 公公的死

到圣诞节只一礼拜的那一天晚上，害了好久重病的约翰公公，终于躺在床上一动不动地死了。

尼罗和柏德两个，四只眼睛望着像睡熟了一样的死去的公公，只是哭着哭着，直哭到天明。当鱼白色的晨光照进小屋子里的时候，尼罗和柏德感到了说不出的哀伤。

好久以来，公公就病倒在床里，什么事也没法做了。可是公公是这样地爱着尼罗和柏德，每次尼罗和柏德走回家来，公公总是微微地笑着欢迎他们。

可是，到了现在，这慈爱的微笑，已只成为悲哀的回忆了。

邻居的人过来帮忙，把公公的尸体装进一只松板棺材里，抬到教堂旁边的墓地埋了。

下葬的一天，尼罗和柏德只是伤心地哭，从此在这茫茫人世之中，只剩了他们无依无靠的两个。

磨坊里的老板娘，看见老板正坐在火炉边抽烟，她心里想：

“这一会儿，他一定许那孩子来玩了吧！”

可是主人的心肠还是很硬，看见约翰公公的简陋的出殡队在门前走过，便自言自语地说了：

“穷得这样伤心，那种穷孩子还想和我亚绿霞做伴，真是做白日梦。”

等丧事完了以后，墓场里已不见一个人影，妈妈便叫了亚绿霞：

“喂，亚绿霞，你把这个拿去，放在那公公的坟上，这公公真可怜！”

说着，便把编好的花圈给了亚绿霞。

亚绿霞趁爸爸没看见，便跑到墓场上去。公公的坟在墓场上刚刚做好，坟上面已积了一些雪。她忙把雪拂开了，放上了花圈。

尼罗和柏德两个，郁郁地走回家里，家里已经没有公公微笑着等他们了。可是造这小屋子的租地钱，却有一个月多没付了。

因为办了公公的可怜的丧事，尼罗已经把所有的一点儿钱都花光了，没有办法，只有到地主的家里去恳情。

这地主是一个皮鞋店老板，一天到晚只是喝酒，要帮人家一点儿忙，比挖他的肉还痛。尼罗流着眼泪对他恳了半天情，他板起了脸孔说：“租地钱没有，那么，你明天就搬，把那座小屋和屋子里的东西一概归我，一块木片、一块石头都不许带去，知道了吗？到明天为止。”

尼罗受了地主的威迫，眼看得再恳求也没有用处，便只好走回家里去了。

这一天的晚上，尼罗和柏德互相紧紧地搂抱着，在一点儿火气也没有的屋子里，凄凄切切地坐了一个整夜。坐到后半夜的时候，天气冷得更是厉害，尼罗的心头也更加悲哀了。

晨光慢慢地照上了一片冰雪的大地，这正是圣诞节前一天的朝晨。

寒冷冻得身子只是发战，尼罗把柏德紧紧地抱住，眼泪便像雨一样地滴在狗的头上。

"喂，柏德，我们走吧，我们要被人家赶出去了。柏德，我们走吧！"

他低声地说着，便带着柏德，走出了这个有生以来相依如命的小屋。小屋里只是些破烂粗陋的东西，这些东西，在他们却是一天也不能缺少的。可是现在，现在，他们只好和这些东西分别了。

他们走过绿色牛奶车的面前，柏德有神没气地垂倒了颈子。这辆车子，现在也抵当了地租钱，不再属于他们了。

他们两个走下了从来走熟的道路，向着安多华方向去了。太阳还没有出来，沿路的人家，大都还关着大门，路上只有零零落落的几个行人。

这些行人都急匆匆地赶着自己的路，没有一个人回过头来望一望这可怜的孩子和可怜的狗。他们走到一家人家门口站下了，尼罗张着期待的眼睛，向门内望望，他知道公公从前身子好的时候，常到这家人家来做帮工。

尼罗在门口站了一会儿，便喊着说：

"给一点儿面包皮给狗吃吃，从昨天到现在，这只狗还没东西下过肚。可怜它已经老得没有气力了。"

屋子里走出一个女用人来，向他们望了一眼，便把大门关上了。

尼罗知道再站着也没有用，只好拖起疲劳的两腿，慢吞吞地走开。

两条腿又痛又酸，慢吞吞地拖着拖着。走到了安多华，已经十点多了。

“如果我身上还有什么值钱的东西，我一定卖掉了买一点儿面包给狗去。”

尼罗这样地想着，可是身上却只剩了一条破烂的毛围巾，连脚上的木靴子，也只剩了一只。

柏德看见尼罗那担心的样子，好似明白小主人是在担心着自己，便把鼻子尖挨在尼罗的手掌里。

12. 揭晓的一天

尼罗盼望着的那绘画竞赛会的审查结果揭晓，就在这一天的正午十二点钟。他的心中现在已经只剩这个最后的希望了，他向会场的一边走去。

会场门前已经拥满了一大群的小孩子，由他们的父母亲戚陪着，等待开会。尼罗挨到人堆中站了，手里还紧紧地抱着柏德。

不多一会儿，市上的大鸣钟打了十二下，立刻，会场的大门打开了，站在门外边的人，便像潮一样涌了进去。

入选的画，一并排地挂在会场前面的高台上。

尼罗的眼睛昏花了，头眩了起来，他的身子摇晃，几乎再也不能站立住了。

好容易勉强把自己支撑住了，再揉了揉眼睛，抬着头向上面望……可是……挂在上面的却没有尼罗的画。

一个白头发的老头子，站在台子上大声地报告，当选第一名的孩子，叫作克斯林。

等尼罗丧气地走出会场口来的时候，看见柏德正倒在阶沿上昏过去了。他连忙把它弄醒了，再向街上走去。

街道许多许多的小孩子，都忙着去庆贺那个当选的光荣的少年。

尼罗紧紧地抱住了柏德，跌跌跄跄地走着。

“柏德，完了，完了！”

他的声音已经低得听不出来。

尼罗勉强地撑起了自己的身子，他实在是支撑不起了，从昨天以来，还没有吃过一点儿东西。但是，除了回到村子里去，还有什么法子呢。柏德挨在他的身边，低垂着头。

天又下起雪来了，西北风刮得呼呼地响，把田野上的枯树枝都吹得不住地跳舞。如果这可怜的孩子和他的狗，再在田野上站一会儿，真会立刻冻死了。

回村子的道路是走熟了的，可是今天却走得特别困难，等到快近村子的时候，教堂里的钟已打着晚钟了。

忽然，柏德立住了脚，汪汪地叫了起来，伸着前爪在雪堆里乱扒，嘴里含出了一件东西来。这是一只茶黄色的皮箧子，它把皮箧放到了尼罗的手里。

天色已经完全昏黑了，尼罗不知道这是什么东西，便拿了跑到道旁人家的窗子口。

窗口里照出淡淡的灯光，他看清楚了这皮箧上写着“珂瑞”的名字。皮箧里面，是二千块钱的钞票。

尼罗看了一会儿，心里就明白了，连忙把皮箧放进怀里，伸手抚了抚狗，就向磨坊屋走去。

急急忙忙地到了磨坊门口，伸手打了几下门，亚绿霞的妈妈和亚绿霞两个，愁眉苦脸地从里面走来了。

“啊哟，是尼罗吗，你为什么弄得这样可怜！”

她们看见了尼罗这副落汤鸡的样子，不禁伤心地喊了起来。

接着又说：

“可是，你还是快些回去，给老板看见了又闹呢。今天晚上，我们家出了一桩大事啦。刚才老板骑了马从城里回来，把一只皮箧子在半路上丢掉了，现在自己又出去找了。可是这样大的雪，哪里还会找得到呢？果真找不到的话，家里更要闹得不得了啦。”

尼罗听了这话，便一只手从怀里拿出了皮箧来，一只手把柏德推进了门口，很快地说了：

“伯母，这钱包是这只狗拾了来的，请你对老板这样说吧。可怜这条狗年纪老了，再吃不起苦。请你们把它收留了，莫让它饿死，这是我最后的请求！等会儿我走时，它一定要追上来，请你们把它拖住，不要使它追上来。好，亚绿霞，再会！”

说着，他就把皮箧送到亚绿霞手里，低着头对柏德说了一声再会，便跳起身来，一手把门带上，向着门外的黑暗中跑去了。

亚绿霞和妈妈又惊又喜，呆得说不出话来。柏德看见关上了门，便大声地叫着，伸起前脚想把门抓开来。亚绿霞去拿了些肉和面包来喂它，可是它却总是挨在门旁边，大声地叫。

到了七八点钟，老板从后门进来了，丧气地在椅子上坐倒了说：

“完了完了，拿灯照也照不到！”

“喂，你看，这不是吗？”

老板立刻张开了眼睛，跳起身子来看。

“什么，什么？果真不错，果真不错！”

他从亚绿霞的手里拿了皮箧，便打开来数钞票，一只角也没有缺少。

“谢天谢地，谢天谢地！在什么地方找到的？”

“是尼罗拾了来还的！”

“是尼罗，是尼罗？”

“哎，是尼罗拾了来还的！”

听到了是尼罗，老板更加吃了一惊，想不到自己平时最讨厌的尼罗，却拾了这个皮箧来还……

纵使是十分顽固的老板，也不禁大大地受了感动。他的身子索索地抖了起来，又觉得懊悔，又觉得羞耻，两手掩住了自己的脸说了：

“唉！我从来对尼罗太不好了，我不知道这孩子有这样的好心，我要怎样谢谢他才好呢？”

亚绿霞听父亲这样说，便走到父亲身边，低声地问了：

“爸爸，以后我们叫尼罗来玩吧，明天就去叫他，好不好？”

老板听了女儿的话，便拉了女儿的手，紧紧地抱着，很感动地说了：

“好，好，明天圣诞节，就叫他来吃圣诞饭。从此就叫他常常来玩。以前我实在对他误会了。”

亚绿霞高高兴兴地跳起身来，走到旁边去，喊着说：

“好的，今晚上我们先来请请柏德，好不好？”

爸爸点了点头：

“好的，好的，拿最好的东西给它吃。”

因为这在圣诞节的前夜，房间里已经什么都装饰好了，红绿纸糊的花灯、漂亮的玩具，还有美味的糖果点心。每间房子的灯都燃得雪亮，充满了欢快的空气。

亚绿霞便在这快乐的房子里，把柏德当了客人，想请它吃点儿好东西，便跑来跑去地忙碌起来了。

13. 悲惨的结局

柏德虽然又冻又饿，身子只是索索地发抖，可是却不肯走到火炉旁边来，只是挨在大门口，想法子怎么样逃出去。

老板看着柏德说了：

“可怜，孩子不在这儿，它就感到寂寞，这条狗真好。明天天一亮，我一定去叫孩子来！”

老板满以为尼罗还住在那小屋子里，可是尼罗早已没了安身的家。他丢下了狗，拼着一条小命到雪地里去挨饿受冻去了。他这种心思，可只有柏德肚里明白。

磨坊屋的厅堂里十分热闹，木炭在火炉中燃着融融的火，村子里的人都跑来贺圣诞，大家吃得又热又饱，才一个个地捧着肚子回去。

亚绿霞想到明天好朋友就要来了，快活得不得了，独自跳着舞高兴。

珂瑞老板看着女儿的情形，感动得流了眼泪，他装着微笑，两眼对亚绿霞望着，心里想，明天尼罗来了，我要怎样使他忘记过去的一切？

火炉架上的钟，一次一次地报着时候。

柏德依然靠在门旁边不动，许多人唤它，拿吃食诱它，它还是不肯走过来。

一会儿，大菜台上摆了许多大菜，许多来做客人的小孩子，一个个地把礼物送给亚绿霞。

柏德还只是想逃出去，忽然有一个客人偶然把门开了一开，它便拔起脚来往门外蹿去了。

一溜到门外，柏德虽然两脚已经没气力，却鼓起了勇气向雪地上箭一般跑。

它只是望前面跑，望前面跑……两眼向雪地上找尼罗的脚痕。它想起从前自己倒在泥沟里，一个老公公和一个孩子救了它的命，它是永远忘不了这救命之恩的。

雪只是下着，下着，雪上又积了雪，时候已是夜间的十点钟了。尼罗的脚印，早被雪盖住了。

柏德一边嗅，一边找，好似找到了，一会儿却又糊涂了。

风很大，路上的雪都结了冰，没有一个行人，人们都在房子里做欢乐的宴会。这是快乐的圣诞节之夜，只有柏德是饿着肚子，满身发痛。可是，它要找到它的小主人，热情使它努力地向前面跑。

尼罗留下的脚印子，虽然被雪盖住了，却终于给柏德找了出来，是向着安多华方向去的。

等到柏德走到街上，弯过一条小小的巷子里的时候，已经是过了半夜了。

满街都是黑暗的，只有从人家的门缝里，漏出一点儿灯光来。四周没有一些儿声息，只有风呼呼地吹着街灯柱子，像融冰的声音一样。

大街上白天走过的人迹多，柏德再嗅不出尼罗的脚印了，可是它还是一心一意地嗅着，找着……

寒风吹得连骨脊都发痛，碎冰屑擦伤它的脚，尤其是因为肚子饿得更厉害了，渐渐地支持不住，可是柏德还是脚不停蹄地望前找去。

在这又暗又冷的夜街之中，一条发着抖、垂着头的狗，却没有一个人看见它这副可怜的样子。狗忍耐着，支撑着，终于找到了尼罗的脚印，走到市中心的美术院的大门口了。

“他是最欢喜到这儿来的！”

狗想到了。

美术院的大门，因为是圣诞夜，所以半夜里还开着，柏德依着小小的脚印找了进去，直走到里面的厅堂里。果然，尼罗的小身子，在石阶沿上一动不动地倒着。

柏德默默地走到尼罗的身边，挨着了他的身体。

“啊哟，柏德，你怎么会来了！”

尼罗深深地吃了一惊，再也说不出别的话来，便伸出了一只手把狗紧紧地抱住。

“喂，柏德，我们又在一起了，我们死吧，这世界已经不要我们了，我们依旧是剩下两个。”

尼罗低声说着，柏德不会说话，只把头埋在尼罗的胸口，眼睛里流下大滴大滴的泪珠。天一阵一阵地冷起来，他们紧紧地抱着，一动不动地躺在地上，四野里，风呼呼地叫吼着。

突然，月亮的光从天窗里照进来，照见了一个孩子和一条狗，已经冻僵在美术院的大厅中了，他们的脸上还含着微微的笑容，好似正在做着美丽的幻梦。

在他们头上的墙壁里，是一张鲁宾思大画家的名画，画框上的包封已经不在了。

到了圣诞节的早晨，美术院的看守人才发现了这少年和狗的尸体。立刻惊动了满城的人，都来看这可怜的少年和狗。

人堆中忽然来了一个面目严峻的老人和一个娇小美丽的少女，抱住了尼罗的尸体，大声地痛哭起来：

“啊啊，可怜，已经来不及了。”

这老人便是珂瑞老板，少女是他的女儿亚绿霞。

蒙派乃思的葡萄

〔法〕斐烈普

记斐烈普

二十世纪初头，一个法兰西的薄命的天才者，查禄·路易·斐烈普（Charles-Louis Philippe，今通译查尔斯·路易·菲利普）的名字，似乎有人曾经介绍过的。不过那大概是好久以前的事了，我们不妨在这儿再来简单地叙说一下。

“我的祖母是乞食的，我的父亲是一个木靴匠；他是一个生性高傲的少年，但在儿童时代，为着获得日常的面包，也曾做过乞丐。”1874 年，在法国中部的一个小市镇，他出生于这样的境遇之中。

安特莱·纪德说：“他是瘦小而孱弱的，万事都不如意。他在肉体上也无一长处，足以代替物质力而到达成功之路。他生来就温和慈悲，几乎可以说，他是为着受苦而出生到这世界上来的。”他又度过了这样的儿童时期和青年时期。

他考高等工艺学校失败，进了高等土木学校。后来，于 1896 年他二十二岁的时候上了巴黎，在市政府中服役。从办公室回到自己朴陋的寓所里，在“自己所思所行中燃烧着热情之火”的小小的忧郁的他的心中，继续地抽出素朴而动人的文学的萌芽。

这样地，产生了《四个悲哀的恋爱故事》《母与子》，及我们在这儿所介绍的《蒙派乃思的葡萄》。他所受得的教养，是从书本上接触到的 Leconte de Lisle，Mallarmè，Thomas Hardy，Dostoyevsky，Nietzsche；所接近的友人，是 Andre Gide，和贫穷生活中的友伴 Lucien Jean 等。对于 Paul Claudel 尤抱有一种类乎信心的特别的敬意。

从这种生活中所写成的作品，除上述以外，还有《好心的特莱安和可怜的马丽》《倍尔特里公公》《马丽特娜季》《克罗基纽尔》《小街》《青年时代的书信》和短篇集《野鸭杂记》《给母亲的信》等等。

但是这天才的萌芽，终于薄命而终。在 1909 年 12 月 21 日，他以一位三十四岁的盛年，如 Claudel 所说的："贫苦的、瘦小的、独身的斐烈普死了。"

他是一个从不忘怀乡土的作家、木靴匠的儿子，无论在哪里都拖着木靴徘徊。泥土的气息，从没离开他的身子；这正是在巴黎，在乡村中，在世界的无论何处都可以遇到的小城市居民的气息——思想和希望。他的作品，从技巧上说自有不周的地方，从思想上看来，是不能说不浅淡的，但是，他却从街头的杂沓之中，从卖淫妇的床第中，或马路工人的结婚中，把起初的人生，毫无虚饰地展开在我们的面前。

没有学问，也没有传统的斐烈普，为什么能够在法国文学史上吐放了独创的艺术之花呢？

这不消说，正如安特莱·纪德所说的，因为他是一个丰裕的天姿者，同时也不能忘记，一种推动着他的巨大的力量。

因为他的低微的出身，使他能够最深切地接近他周围的民众。他认识人类的问题，重要的乃是每天的面包，而不是从陈古的尸骸中去找求形而上的幽灵。

他不说一句激昂的话，他也不大声呼号，他只是以平凡的语调，讲述些平凡的事件。可是我们听着他的谈吐，不知不觉地跟着他走，终于我们走到了一个怎样的世界呢？在这儿，正喘吁着这样的人物：为着二个三个法郎劳苦终日、不惜舍弃其青春的女工之群，害了梅毒、身无分文而卧倒医院中的妓女，六十二岁的女乞妇，为自杀所迫的老木靴匠。

以后我们的方向，乃是“从玩乐主义的时代向热情时代的文学”，斐烈普这样热烈地叫喊。

《蒙派乃思的葡萄》是斐烈普的成名作。蒙派乃思是巴黎的一个繁盛区，主要的是娱乐地的集中处。书中的内容写大都市街头的流氓、一个卖淫妇和一个孤独的青年事务员的悲剧，处处充满着博大的爱与怜悯，对人生之勇敢而艰苦的信心，实为得一般法国文学的深刻暴露的长处及俄罗斯文学中的一种悲天悯人的精神。当 1901 年，此书发行的次日，他得到了一封信：“你的书使我哭了……”这是从流氓葡萄的手中逃跑了住天马赛的女子写来的。据斐烈普自己所说，全书几乎完全根据事实。

1898 年 7 月 14 日国庆日的次晚，他在街头认识了一个少女，这便是小说的主人公佩德·梅黛尼。“这样一个娇嫩柔顺的少女，世界中竟还有欺凌她的人。”他曾在后来感叹地述怀。当时他衷心地爱了她，但是他对她的一切爱，结果都成了徒劳。而且当他以愤怒的眼，瞪视着那个蹂躏少女的她的姘夫时，他从那儿所见到的，已不是一个流氓的葡萄，而是蕴蓄着剧烈的矛盾的社会组织了。

一

七月十四节的第二天，赛白斯波林荫路上还是闹盈盈的。晚上九点半，在树行间耀着白光的街灯，有些地方光线照进了暗处，也有些地方却被树叶子遮住了。所有的铺子都已打了烊。在黑幢幢的洋房底下，刚才还把人行道照耀得雪亮的陈列窗，现在已经熄了火，反显得更黑暗了一些。挂在二楼三楼阳台边的金色招牌，白天在阳光中闪耀刺眼的，这会儿也跟着那些黄色木雕的文字，一起沉在暗中去了。同那些做批发的字号一样，做门市买卖的铺子，这晚上也都休了假。花店、鸟羽店、食料店、匹头店，所有赛白斯波路的店家，都已把铁栅门关得实挺挺的。

早已不是行人们把眼睛投到陈列窗去的时候了，夜的生活开始抱另外的目的而展开。车辆上了灯，公共马车张起两只辉煌的车灯，像一对快乐的眼睛。电车上开了红绿信号灯，一台车子像一大群人，闹哄哄地行驶。各色各种的车辆，连连串串地尾巴衔着尾巴，接连着，交错着，轻快地滚动。地平线尽头大林荫路的周围，显得分外明亮，灯光反映空中，像一位光的巨灵在那儿摇晃。行人们的目的地并不是这条店门紧闭的赛白斯波路。马车都在跑。往大林荫路去的马车，像人被玩杂耍的所吸去，都望着光亮急冲冲地跑。

赛白斯波路全部的活气，都在一条人行道上。在阔大的人行道上，在夏夜青苍的大气之中，巴黎正在恋恋着过去的节日，度这七月十四节的第二天。街灯的光，浓密的树叶，轻快的马车，行人的喧嚣，这一切，泥作一团，形成一件又激越又重苦的东西，恰似泥醉的一样。这种情景是每晚都有的，可是今晚上满街家家户户的门口，还留着昨天狂欢的遗迹。喧嚣与叫唤，令人想起醉汉的歌声。家家的窗口还插着提灯和国旗，照昨天的原样，好似还想把昨天的欢快，再继续下去的一般。人们的心事是不难观测的。有些人在昨天整整乐了一天，今天还在向四边探望，可有什么玩儿来再乐一会儿。一个懂得欢乐的人，是永远追求着欢乐的。更有些穷的、丑的、怯生生的人物，正徘徊在节日的残迹之中，角角落落地找寻，可有什么欢乐的剩余遗给他们。因为不懂得欢乐的人是苦的，他们一天一天气喘吁吁地追求着欢乐，直追求到精疲力尽，结果是什么也没有得到。

空气好似在这些人们的周围动荡，衣衫整洁的青年人，三两成群地走过来，又向前边去了。他们扣着新的领圈，打着整齐的领带，带上别着光灿灿的别针，衣袋里装满了钱，急冲冲地向光亮的一边走去。商店的伙计们，互相这样地谈着：“我们足足跳了大半夜，弄得那家伙昏天黑地听人家捏弄，我就带她到刚康柏街的旅馆里，做硬做软，好容易做住了！”两人一起的男子，故意地去跟两个巧小的姑娘挨在一块走。每次男的向她们说话，她们就做一个媚眼，把微笑轻轻地咬进嘴唇里。一对的男女走过，青年们就眼里闪着火一般地向女的盯。蹒跚的大胖子们，很得意地烧着雪茄，心里在想：“我是个上等伙计，一年挣一万二千法郎呢。”一对对的男女走过了好多对，漂亮的姑娘，把臂儿挂在漂亮青年的臂儿里。女的觉得自己漂亮，心里很得意；男的觉得别人家在羡慕他，心里也得意。还有些比较朴素的姑娘，心里想着恋爱，怯生生地靠近着跟自己谈话的男子身边，向前边走去。此外还有几对夫妻，大家互相望一眼两眼，交换几句简单的谈话，他们对于相互间的心灵和肉体，是熟悉得太过熟悉了。

这样的人物，走过的很多；一阵去，一阵又来。买卖人恰像他们的陈列窗一样，在行人道上占领了许多空间，左顾右盼地走着。一个青年紧紧地抓在女人的臂腕上，跟奴隶一样地跟着走。瞧这青年的神气，好似跟住这个女子要直跟到世界的尽头为止。虚荣、欢乐、淫逸乱纷纷地混在一起，在灯火之中行进。昨天的疲劳算得什么呢！想起过去的欢乐，深深地吐一口热烈的大气，欲求紧紧地缚住了心头。巴黎像一条公狗，虽然已经精疲力尽，还是跟住了母狗不放。

娼妓们已在干着自己的买卖，跟杀孔思坦的罗贝尔同居了两年的那位可怜的格壁丽爱，也在她们的中间。她的丈夫新近吃了官司。还有一位叫琼尼的小姑娘，大概是十八岁的样子，她还是上个月才开始到赛白斯波路来上生意的。她的脸上只施了一层薄薄的白粉，可是眼睛里却已辉闪着开始才尝到的快乐。大半的人，都不会知道她是一个妓女。妓女们有不戴帽子，乱蓬着发的，也有戴了帽子的。有的拖着奶牛一般的脚，毫不客气地向男子身边挨过去。有的搔首弄姿地投一个无线电，只要有男子睬她一眼，就会望着你笑。兰培杜街的街角上，站满了一大队。她们不时地发出叫唤声来。因为左旁就是潮湿的小菜场，使人觉得她们好似一大堆白菜的烂叶子。有时，她们又好似池塘旁边的鸣蛙。

两个风化警察来了。一看他们的眼光，半脏的制服，和俨然的步调，就很容易分辨出来。他们那半脏的模样，正跟他们的职业一样；走路的步伐也有些怪特，俨然是负有使命的神气，两眼碌碌不眨地向四边探望，像要把那些女的从头顶到脚跟都压个粉碎的一般。行人们的是瞻眺的眼光，而警察的却是警备的。有一个戴军队徽章的红头发的高个儿，胡子和嘴巴都做着尖形，两手紧紧握着拳，大踏步地走过。她们的奴性，很明白这世界上最有力量的道理，就是最好的道理。

听见小贩叫客的声音了，因为警察走了，小贩便走出来。他们戴着鸭舌子帽，两腮发着红热，长着褪了色的胡子；他们要在这里兜拦买卖，因为他们是不得不有为肚子而奋斗的热情。这一边，一个大概还不满十八岁的青年，鸭舌子帽深深地覆在眉心上，长筒靴子直套在膝盖顶，在四周围观的人群中，绷开了两腿，踏着那双长靴子迈步，叫人家来看。

他是出西洋镜的，两个苏一看。他做出一副出把戏模样的姿势，把西洋镜向观众的面前晃晃，嘴里说：“诸位先生女士，假如看见戴巴黎市政府帽章的来了，请快一点儿通知一下，让我可以早些准备。”原来警察他们跟对自己所热爱的妓女们一样，对小贩们也取缔得很严。

沛尔·亚尔蒂白天在办公室里工作了一整天，这时候，也挤在赛白斯波林荫路的人群中闲步。这位到巴黎仅六个月的二十岁的青年，正抱着不安定的心境，在巴黎的风物之中踱步。流水一般的马车，刺眼的光线，街头的人群，淫靡，喧闹，合成一起，引起了巴培尔塔一般的混乱，在他头脑中飞腾起许多令他吃惊的非非之想。在这样的时候，凡是乡下来的人都会感觉不安、昏眩而黯然的。在乡村跳舞会中大出风头的漂亮孩子，跑到这大林荫路上，却会装出一副哭脸来的。

行人们的头脑中，把全生涯的万事万物一起都装进了，搅成一团不住地晃荡。刚被这一光景所引动，又有另一光景来把它刺激。

我们的肉体中抱有无限的记忆，我们在把这些记忆，融化在自己的欲望中。我们好似提着一只皮箱到处跑，要向前边跑去，这皮箱中装着的是现在与过去，这样地我们就通过每一刹那以完成一生。

这晚上，沛尔·亚尔蒂正在一边走一边想的，是下述的事物：

他首先想到的是自己的老家，他双亲所在的东部某小城，他们在那儿经营木材买卖。他还只有二十岁，住在巴黎只有六个月，从这点上看，他首先想到老家，也是当然的了。老家在近市梢的一个小丘上，四边是园子。夏天晚上，树林子里清风徐来，使人觉得软绵绵的，因此一家人晚上总是在园子里纳凉。天空中的星星压在人们的头顶，因为天气热，不时地看见闪电的光。独自缓吞吞地先抽一根烟卷，眼所见，耳所闻，怎样细微琐屑的事都叫人心里快乐。傍晚，天气太热的日子，就喝一杯冷牛奶代肉汤，清凉沁入心脾。有时候，出了嫁的姊跟小外甥一起来盘桓个把礼拜，于是饭菜就多备一点儿，家里也比较热闹了。妹妹跟小裘莱德玩耍，做他的妈妈。有时他带裘莱德出去散步，买一点儿糖果给他。一切都是美满的，他深深地感觉到，一家人都在幸福的自然之中，合成了一气。

他又想到在职业学校中三年的生活。他在那儿用粗劣的线条，画着桥梁机器的图样，又学美丽悦目的溶色的水彩画。他的父母把他所绘的一张美丽的风景画，两个小山中夹着一个车站的，装进玻璃框中，挂在自己的房间里，他得到了毕业证书和银的奖章，以第二名毕了业。

他在一家铁路公司里得到一个图画技师的职位，月薪一百五十法郎。他深悔没有听教员的劝告去考美术工艺学校，只要双亲再花费这一点儿学费，就可以谋一个科长位置了。

赛白斯波路的电灯排成一条直线的行列，他混杂在数千百人的人堆中跑。灯光穿过浓密的树叶，从枝荫间洒到地上。他觉得这些灯火分外的明亮，这人群也特别的兴盛。一个乡下出来的青年，站在这杂乱的人群之中，就会觉得自己是变成了一个迷路的孩子。他没有一个熟识的人，大家都一样地跑着，一阵接着一阵，都是一样的陌生人，没有一个对他注意一眼，就匆匆地跑过去了。好像除了他以外，其余的人都搅成一团发出哄哄的闹声；这闹声环绕了他的四周。人群卷起了旋涡，手舞足蹈地乱成一片；在他的眼里，映成几个团块，这些团块擦过身边，好像忽然在耳边听到笑声般的快乐，又像他所见的女人们的亮晶晶的眼睛一样地辉闪。

为着要不给这人群吞咽进去，他想找一件什么东西来维系自己。又为着要在人们的狂欢中不把自己迷失，他想在自己的心坎深处，找出一件潜伏着的欢悦，对包围在自己四周的光景守住自己。

他觉得他像变了一条海堤，抵住了涨上来的浪潮，他想这样地叫："我是强者，石块和水门汀使我坚硬，我现在这么地霸守在这儿，你敢猛烈，我就把你挡住。"

他在亚尔培赛克路，借住了一家公寓的六层楼上的房间。因为寓客混杂，公寓的房间常常是肮脏的。床，衣橱，两把椅子，一张脚下有活轮的桌子，这一点儿家具，早就把房间塞得满满的。每间房都是照例的这四件家具，窄得连站足的地方都没有；因为每月只花二十五个法郎，没有人是过着像样的生活的。床上的被服永是肮肮脏脏的，窗子上的纱帘，正跟这贫穷生活一样地发着灰色。寓里的掌柜有一副公共的钥匙，随便什么时候可以自由跑进房间里来。附近邻室的寓客，两三个星期就发生一次变动，互相隔一层板壁，隔壁的声响言语都可以听得见；那边醉鬼夫妻在吵架，另一边的房里住的那个女子，像是卖淫的。假使有一个比较机灵点儿的客人，那就得紧紧地防备才好。住公寓的穷客人，是不能够把公寓当作自己的家，有一会儿舒畅的。沛尔·亚尔蒂也一样，他是不能想："心里不高兴的时候，我还有我的小房子，只要跑到那儿，就可以坦坦然地坐着，听别人来安慰我。”

他的唯一的去处，就是一见如故的好友路易皮生。路易皮生二十五岁，与沛尔·亚尔蒂在同一个办公处里当设计技师。他是一个矮个儿，身高只有一米突五十生的，因为长得矮，征兵不合格；也因此在同伴中不受敬视。大家虽觉得他人是好好先生，可是说到仪容，总不过一米突五十生的而已。从前也考过理工科学校，研究过数学，所以有一种分析地思考事物的习惯，到二十岁为止，还住在乡下中学的寄宿舍里，所以还有能忍耐的习惯。可是因为美丽的未来的梦打破了，他就变了一个好好先生。他想：“每个月挣一百八十法郎，自己为自己的面包而劳动，也就不算庸碌之辈了。”傍晚就上街去散步，看看年轻女子，回到家里就看些文学、哲学的书。他心里这样地想：“女人总是要出色的男子，有钱的青年或是长得漂亮的。有钱的青年只使女人变成奢侈的家伙，漂亮的就只会欺骗女人，认恋爱只不过是官能的享乐。所以我们要弄女人还太早。她们只知道打扮，只知道玩儿，把我们的生活捣乱就完事，绝不会有什么好心思，做我们的爱人，做我们的伴侣的。可是，我只希望跟一个很可爱的好女人通通信，那姑娘要是又天真又勤恳的，不久两人结了婚成立一个小家庭，做一个普通的人，把一个普通的女子当妻子。而且，我最讨厌有钱的家伙，那些家伙，把我们的快乐偷了去了。”

他在鲁佛河边借了一间六层楼上的房子，家具是自己的。沛尔·亚尔蒂对于他是无所不谈的，他对沛尔也一样。这种友谊，是增加相互间的喜悦，慰藉相互间的悲哀，使人增添生活的勇气的。沛尔想：“我把这对路易说，他一定会说：‘我们是穷人又是弱者——可是最要紧的我们却是正直人，不要伤心吧！'”因两人教养多少有点儿不同，因之住也不住在一起。沛尔·亚尔蒂喜欢都市味儿，住在像巴黎街的亚尔培赛克路，路易皮生却住在空气较好的鲁佛河边。

可是有些晚上，单是友谊是不足够的。友谊殷深的谈话，永矢不变的友情，是使我们的心灵感到安息的，可是我们还有一种不求安息而求疲劳的欲望。沛尔·亚尔蒂挤在人潮中，想起了朋友来，心头稍稍感到了快慰，眼望着人群想：“你们可没有一个像路易皮生那样的朋友呀。”虽这么说，他的心还是不觉得舒畅。充满街头的喧豗，好似在回答着他：“女人比什么都好呀。”他又想：“我在预备土木工程师的考试，不久就可以升科长吧；那些同女人挽着手走的，是没有出息的东西。”但是群众似乎在叫：“这算得什么，我们有的是女人，可以欢笑着过活。”他又回答：“我还有爱我的父母，比你们女人的爱要真实得多。”于是人群回答了：“这又算什么呢，你不是正在觉得孤独，觉得烦闷吗！我们有的是女人，我们可以欢笑度日。”

于是他只得承认这节日的狂欢，比了自己孤独的生活，确是有价值得多。他没有一点儿力量，可以抵抗那光辉的灯火，那充满着欢乐的势力。路易皮生因为信仰着几句哲学上的话，所以还有跟他们正面相觑的力量，而且他甚至还有相当的余裕，看着这些群集当中，是否可以找出一些新的原则。可是沛尔·亚尔蒂才只有二十岁，而且在这迷人的巴黎的正中，是满身燃烧着无数的欲望的。

总之，他是被种种欲望诱惑了。看书看到晚上十一点钟，把书闭上的时候，常常忽然想起自己的学业，有一种想痛哭一场的心情。纵使证书弄到了一大捆，为着生活的幸福，是丝毫没有价值的。在路上遇到的几个女子的姿影，浮起到他的想象中来，起初只打算做偶然的陶情，凭空地胡思乱想；不一会儿，他的二十岁的热情燃耀了起来，他周身的感官，感到了那些女子所有的东西，喉也干了，心也跳了，他就站起来，熄了灯，跑到街上去了。

他在街上走着，妓女们穿着漂亮的裙子，射着贪欲的眼线，在街头徘徊。他想都不想去望一望她们，他出神地走着，好像希望的本身在走着的一样。他的面前走着一个束细腰的青年女子，他就把脚步放缓去细细地看；于是，那女的对他嫣然地一笑，他见了这笑脸，忙又把脚步放开，想立刻跑开去。接着又是另一个束腰的女子……这样地好似希望自身在走着的一般，他在女人群中来来去去地走着。有的女子太容易到手了，觉得没意思；有的女子看来不大容易上手，又不敢冒昧兜搭。永远地，好似希望自身在走着的一般，他永远在女人群中来来去去地走，直走到希望之类都没有的时候为止。

有时候，晚归的青年女工，急着回家，快步地跑到他的面前，那女子穿着黑裙子，简单的套衣和朴素的帽子；这正是同青年男子一样做着工，怀着青春的青年姑娘。沛尔·亚尔蒂心里猛然地想着，就跟上这女子快步地走去。两眼睁睁地注望着她，幻想着她能给自己怎样的幸福；终于是忍受不住了，心里想："这里人太多，还是莫开口吧。"他在脑袋中装满了非非的幻想，身子摇摇晃晃的，像是在追求什么理想的一般，跟着那姑娘大踏步一步步地盯去。因为女的提着一盏灯，所以隔离得远一点儿，也可以盯得住；在做着那样恋爱的冒险时，往往是特别的镇静。不料那女的在一家门口站住了，手按着门铃，原来是到了她自己家里了。他最后向她望了一眼，心里想着明天再进行吧，就继续走自己的路，明天虽然是无穷尽，但一旦逃跑了的幸福，第二次就难得再碰到了。

结果，他跑得倦了，可是先前的欲望，还是在后边推着他前进，于是他为着使自己安静，就不管三七二十一，碰到一个什么女子都好，花四十个苏就弄到手，在自己公寓的床上……在那样肮脏的卖淫妇处，发现热情的排泄口。

这七月十四的晚上，赛白斯波路比平常特别显得热闹。也有一对对地蹚着缓步，像舒畅相互间的爱情似的散着步的人。年轻的男子心里想："她那胸膛长得多漂亮，无论如何得碰一碰才痛快。"过往的车辆，醉人的歌声，在成群的娼妓中有时也有动人的女子，巴黎在走动着。街灯在自己的周围放出一道光圈，照着一条条房屋之间的空巷，形成一条光的大江，光焰穿过了屋顶，直伸到半空中去。空气漾溢着，好似沁入人们的骨髓，身子好似浸在电气浴槽中，直浸到心头上了。热蒸蒸的风，为着夏夜的喘息，巴黎像一匹疯狂的野兽，流着汗，睁着血腥腥的眼，喘得快要断气了。一种叫声应和着另一种叫声，来来往往的行人，每个人都怀抱着一个欲望。四周灯火，映出火柱般的光辉，一切人们的生命，都在这大街上呻吟，好似为恋而疯狂的野兽，声声地叫吼，直吼入快将消逝的灵魂深处。

沛尔·亚尔蒂回想起了到现在为止跟许多女子之间的游戏；

在整千百的行人之中，在这样光亮的灯火底下，想起了这样的事，他觉得赧然了。但他想到这事，恰正如人们被伟大的思想所导引一样的感觉。在他的眼前，走动着这些有性的“女人”——好似路易皮生所说的，有着朦胧的性的“女人”。沛尔·亚尔蒂在这些人们之中，简直是不足数道的了。巴黎在泛滥，卷进了他，把他放在大洪水上向前漂流。在望不见两岸的大流之中，漂流着这位木材商的儿子，路易皮生的朋友，土木工程师的预备投考者的沛尔·亚尔蒂。

在古龙泰路的角子上，有一大堆人围住了四个唱歌的。时候还不到十点，他们在这路角子上，大概在唱最后一次的歌了。一个老头子把红色木的提琴很剧烈地拉着，做着刺耳的骚乱的声音，睁着阴森的发光的眼，眺望四周的闲人。老太婆突着因妊娠过多而胖大了的肚子，两只大乳子像疲乏了的野兽，在破布般的脸上，镂着一对青绿的眼睛，恰如两朵肮脏的小花。她发出长舌妇所常有的尖声，唱着歌。两个小孩，唱得倦了，站在一旁，索索地发抖。其中之一张着恶兽似的眼睛向四周围望。这孩子很像老头，他很疲倦了，在想往哪儿靠一靠。小的一个孩子，是黄的脸子青的眼，跟母亲一样，好似在说，让我舒舒服服躺一会儿吧。巴黎的手抓紧了一切，他们也正是抓在它手中的，这四个人，不管是好的坏的，一起都被抓碎了。

你还记得吗，里荪

在你的小小的房间里

卷起了那条裙子

我把短衫打开了

做母亲的带着各自的女儿，一起听着唱，买了唱本的三个小女工，一起按着节唱了。来往的行人，有的站停下来，有的投了一眼就匆匆过去了。在唱着歌的四周，听的人并不多；因为唱的人四处都是。沛尔·亚尔蒂也站停下来，人们没有什么可望，就向他望望。人堆中还有几个卖淫妇，她们知道人堆的地方，对于自己的买卖，机会也多。红提琴的音，比母子三人更高，单调的、机械的、没气味的声音在唱：

你对我说——喂好人儿

如果你要笑一笑

就把钱丢在这箱子里

丢呀，任便你多少

“喂，诸位先生，只要两个苏。”沛尔·亚尔蒂就买了一本，大意地翻了一翻。忽然，旁边一个也在看唱本的女人对他说了：“这不是真的歌呀。”他向女的望了一眼，那是一个额上束着黑绸带子的、体态苗条的少女。

他感得了老大的兴味，他问：

“那么，真的歌是什么呢？”

女的回答了：

“真的歌是这样唱的——”

你还记得吗，里苏

那一天晴明的礼拜天……

无论怎样唱，对他是完全没有问题的，可是那位黑绸子束发的少女，却令人勾起了无限的兴味。于是沛尔再不去听歌，他试着对女的说："小姐，你的歌一定唱得很好吧?"

女的答：

"现在可不行了，我的嗓子嗄了。"

已经快十点钟了，红提琴的嘹亮的声音，还在叫着，那种叫声，一直要叫到被警察干涉为止的。他们两个离开了那群出神的听众。他瞧那女的并没有佚荡的模样，他说了大家去喝一杯啤酒好吗，可是心里却又很担心怕她会拒绝。

沛尔·亚尔蒂就这样地在七月十五日的晚上，遇见了佩德。他瞧着她的柔和的神态，和细细的绸带子，心里微微地笑。

二

十二点半，佩德·梅黛尼回到马布兰雪街自己房里的时候，她的情夫穆里司已经睡了。他肚子里有着心事，把眼睛微微张开了一点儿，看着佩德回来。她脱去了衣服，因为蜡烛点在床边的桌子上，她就跑过去，看看自己膝头上边有一点儿发痛的小小的肿块。接着，再把手探进左边的袜筒子里，拿出了沛尔给她的一百个苏放在蜡烛旁边。于是，穆里司的眼就立刻张得挺大，直望着钱问了：

“八点钟直到此刻，只有这一点儿钱吗?”

“是呀，你倒自己去干一下试试，是不是容易的呢。”她回答了。

他把身子朝了墙，肩头微微地一耸，头脑里在想：“有了这种不会挣钱的女人，真是傻鬼呀。”

她吹熄了烛走上床来。这晚上穆里司兴致还不十分坏，他稍稍多弄了几个钱。在那个常去的酒店里，同伙的保尔带了一个青年等着他去，于是他们两个就把这青年输光了，各人平分了三十个苏。加之，到周末还有三天，佩德挣七法郎房租的时间还十分充裕；所以明天一天他们两个可以花六法郎五十生了。

他还不十分疲倦，他就要佩德……她跟穆里司满满地接了一口长吻。在男女之间，这是有益卫生的，这可以使临睡以前的十五分钟之中，过得异常愉快。她竭尽全力地尝味着欢快，颇不弱于穆里司；一切都进行得顺调。因为是自己的丈夫，她是决不会……

一会儿，她开口了：

“你总是以为要怎样就可以怎样的，就是今天这样的晚上，也有许多女人，连一百个苏也没带回家的呢。今晚上我碰到的那只鸭子，起先只肯出三法郎，我说整整地有一个钟头啦，他就出了五法郎。那家伙我倒很中意，很可以当一个相好，一个有种的呀。”

穆里司没有作声，佩德又接续着说：

“啊，我知道了，你一定在想我的妹妹布兰雪，她一晚上挣到十五个法郎，可是她挣了这点儿钱，就整整三天不上生意，尽跟姘头去过得快乐呢。”

穆里司依然没有作声。

“我要做四十个苏的生意，那是要多少鸭子都有，减一点儿价，客人就多了吗?”

她希望别人承认她的理对，因为自己是弱者，她想人家来拥护她；因为她是柔顺的，她想听几句温和的抚慰。她唠叨了好一会儿，她知道，关于生意上的事情，穆里司是常常不大痛快的。一个女人，你要是她说什么就听什么，那她就会一天到晚对你说，忘记去干活的。

于是穆里司呵喝了：

“还啰唆些什么，静点儿，让我睡吧。”

穆里司·倍留出生在泼业山斯区，也在那里长大，他的老子娘在那里开一个小店。她以为孩子的学问总是多一点儿好一点儿，去当学徒是什么时候都可以去的，可是当了学徒容易习染不良的性癖，所以他上学直上到十七岁。他受了十足的教育，还拿了一张毕业证书跑出了学校的大门，就跟同年辈的淘伴往来起来。那些同伴替他起了一个外号，叫作“葡萄”。他在山太通街的作场里学习紫檀细木工；在作场里，人家叫他穆里司这本名。可是有一天他从作场里出来，给一个从前学校里的同伴看见了叫起来：“喂，你不是葡萄吗?”一切物质都是不灭的，这个外号也终究没有消灭；穆里司又恢复到了葡萄了。

他身材短，上半身很扎实地撑在两条强壮的腿膀上。他拍着胸膛说：“一个小瘰瘰儿，也会发痛的呀。”他的脑袋峥嵘不平，强情的、不大动人的两眼，深深地藏在颊峰的深处。最动眼的是弓形的腭骨，当他嘴里嚼着食物、骨头，经络和筋肉三者发出骨骨的声音的时候，就可以在皮肤外边很清楚地看出它的构造。可是他绝不是一个老饕，不过他嚼起食物来，很有些劲儿就是了。

当他母亲担心他会习染恶习叫他留在学校不送去当学徒的时候，葡萄早就姘识了几个女人，有些是每天晚上在街头徘徊向男人巧笑的学习女工，有些是谁在街头碰见都会高兴的十四五六岁的小姑娘；她们都是那些放任孩子让孩子自己去受青年期的教育的，不大严格的父母的孩子。她们是满怀着希望的，而对她们勾搭的男子，却大胆地对她们提出来，要把她们希望以上的东西贡献她们。凡夫街，巴黎外围的堤，没月色的良夜，都能看见葡萄走过的姿影。他懂得对于那些无目的的闲步者，街有些什么用处，他会找到这种街——很多地陈列着容易施展手腕的好商品的，有很多的机会等待着的街。而且他还懂得一种很有利益的方法，那就是操纵女子的方法。

要到来的日子终于到了，有一天，十九岁的葡萄结识了一个住在嘉德街的很肥胖的姑娘。她是一个夜生活的女子，葡萄要充分地享乐自己的爱生活，就不得不把白天的工作丢抛了。他是性急的，他跑到作场里去说自己要改行开搬场店，把紫檀细木工的职业丢了。从来大家因为他身干矮，都要取笑他的，那时候他总是说，尽管长得矮，却跟搬场夫一样有气力呢，所以现在他可以吹牛了。

这次的新行业他十分满足，做一天可以挣得很多，尽有日子休息，有时好好儿地忙一场，就有更多的收入。例如他从没买过鞋子。自跟奥坦斯这胖姑娘接触以后，他对女人的知识有了很大的长进。母亲虽不是常常言听计从，可是葡萄很倔强，他有口才，总是把母亲说倒了，让她去闷着哭泣。而且他承认自己是不喜欢讲理，三句不合就要拔出拳头来的人，有好几次他就实际地表示了出来。他年岁渐渐成长，身体心情都跟着强朗起来，跟奥坦斯半路里分了手，不一会儿，就到了丁年。征兵是因为身长不足剔出了。

于是穆里司·倍留就下了决心，实际上说来却也不是对未来有了什么一定的志愿，总之他明白了黄金与美人是不可缺乏的。在现代生活中的这两者的力，是领导我们到未来生活中去的。黄金这一方面，得了父亲的遗产，有了五千个法郎；于是他一心向美人的方面进行。

七月十四节到了，所有的酒馆子都挂满了国旗，社会革命党庆祝胜利的幸福之日终于到了。这晚上，到处有灯烛成行的跳舞会，音乐队狂吹着铜喇叭，咖啡店得当局的特许，把桌子排到街边来。人们因为是自己的自由纪念日，也就让自己的女儿自由去跳舞。

佩德·梅黛尼是做纸花的女工，十七岁。她跟姊姊玛德妹妹布兰雪一起，去看凡夫街的跳舞会。因为额上束了黑绸带，脸色显得很苍白，可是眼波却温和而灵活。穆里司先问她跳舞不跳舞。两个人就此舞了两次，不一会儿，又舞了第三次。

两个都舞得非常出色，身干子差不多高，男的很英挺，女的非常柔媚。穆里司问她一起去吃一点儿东西好不好，她说有姊姊妹妹在一起，她拒绝了。于是他问哪一位是令姊，她把玛德告诉了他，他就跑过去脱了帽子说：

“小姐，请你恕我冒昧，知道你代母亲带了令妹出来的，因此想请求你的许可，我想请令妹喝一杯沙达水，聊表我的寸心，不知能不能允许?”

玛德知道只要是一位有教养的青年，就是一起吃点儿东西，也没有什么危险的，就一起坐了闲谈。他讲了自己从前是做紫檀细工，每天可以挣七八个法郎。

玛德是洗衣女，妹妹布兰雪，就在她做工的工场里当练习女工，照她所说，布兰雪还得替别的女工洗衣。她们同胞四个，其中两个不得不干这样的营生。

她们的父亲是一个鳏夫，职业是漆匠，有时铅毒病厉害起来，就不能做工。大家都很详细地道了身世。小孩子的布兰雪，更是快乐得不得了，一边儿喝着石榴汁，一边咯咯地笑。

穆里司给佩德约了第二天再见，第二天她来是来了，只是心里担挂着父亲，不能多留一会儿就走了。

两个人一边谈着一边散步，在街头的暗角上接了两次吻。

第二次的幽会，穆里司给女的买了一只嵌红宝石的镀金指环。

第三次幽会的时候，两个人挽着臂散步，她答应了一起到梅依街的咖啡馆里。穆里司想从此不做游戏的恋爱，因此并不急着把她弄上手。

佩德跟普通都市中的少女一样，虽然每次都有着机会，总是想明天也许还有更好的机会，也并没有着急。第四次的幽会，她爽了约没有到。第二天穆里司就去路上候着了她，要她明白地表示。她说父亲不允许她出门，于是他说：

“既然大家约定了，像我们这样的关系，你可没有爽约的权利呀。你看我，既然说出了口，就不管有谁阻碍，一定要到你这儿来的。”

她怕对方不高兴，什么话却没有说，好似一个柔顺的可怜孩子，木然地低着头。一只小雀子是落了笼了。

这时候的穆里司，还有一点儿青年骑士的风度，能够说得少女们去爱他的，他那庄重的谈话，表示了他的心地是多么的诚恳。他所说的，以及他没有从口上表示出来的，可以令人看见他的心里蕴藏着一种冒险与神秘。在这样的时候，这是足以使一个女子动心的。当穆里司握住她的手的时候，柔顺的佩德，就浑浑噩噩地任他摆布。从此两人天天见面。他跑到佩德窗下，一边散步一边吹着特别的口哨子；她就好似在好久以前已望着这声音，深深地刺进心坎里去；她就急急忙忙地跑出房间追上他去。

这期间，终于完全给父亲知道了。

“那家伙我知道，什么紫檀细工！整天地就在附近闲蹚，他到底在什么时候做的工？我想这可不是有出息的家伙。”

父亲虽这样说了，可是也并不甚大的关心。虽然是养过七个孩子的父亲，可是一生饱经忧患，十分地明白人生这东西，是比人的意志坚强得多的。

他知道，一个巴黎的少女，是漂荡在纸醉金迷之中的，一个做父亲的，他要是一个穷光蛋，他就没有力量可以保护自己的女儿。他又知道：自己是一个工人，是一条狗，所有的就是穷，穷就得遭灾。虽然不幸接连着跑来，除了嘴里喃喃地怨念，把头不住地点点，可还有什么法子呢。

他想：

“不错，那家伙在看中我的女儿，这一点我可看得出来。可是这是女儿的命运，我能有什么力量呢。”

女儿佩德终于在一天晚上，丢了父亲的家，去和穆里司同居了。那时候姊姊玛德恰正怀了孕，小妹妹布兰雪，在工场的女老板那里偷了一百个苏。

穆里司和佩德住在市中的公寓里。在四楼上，房金三十法郎，窗子对街，铺有青色的毛毯，有两把沙发，对于他们这是十分满意的房间了。佩德依旧去做纸花，穆里司就着手动用那五千法郎。她每星期可以拿二十五法郎回来，穆里司为着使生活可以满足，尽量在自己腰包里掏出钱来补充。每天晚上他们上酒馆子里喝咖啡。有时到有乐队的咖啡店去，有时上“木兰维琪”的跳舞会去，也有时到蒙派乃思大戏院里去看戏。佩德的交游和心地，一天天地广大起来。她结识了穆里斯的友人和他们的太太。穆里斯的友人，都是靠女人挣钱，不做工也可以混饭吃，很懂得世故，没有一个人是真正干活计的。

她渐渐地熟悉了穆里司朋友的日常生活，知道他们都是些小白面，和干扒儿手生涯的。而且知道他们都是好吃懒做，从不做工的。

他们所以为快乐的身份，就是把身子靠在桌子上，手托着下颏，望望街头来往的行人。佩德又知道他们有些什么人生的经历。二十法郎或二十五法郎，在一个女人，只要花几晚工夫，是很容易挣到的；第一晚辛苦一点儿，第二天就可以过得更加快乐。第一是因为有了钱，第二是女的可以回想回想那些给她二

十、二十五法郎的男子。而且只要计划得准，男的也很可以挣些钱。那大胖子裘尔，例如有一晚上出去干活，就拿了一匹黑绸回来。那些朋友们的妻子，各人都得了一份。佩德觉得自己的衣服，不跟同伴妻子们一样裁法，显得特别的美丽。有时在街上走着，她想起了这事，不知怎的觉得特别地高兴起来。大胖子裘尔因为破了人家的锁去偷东西，在圣德监狱里吃了六个月官司，他很明白这个世界和它的尽头处。他知道这个世界的尽头处，便是圣德监狱，可是他也全然不觉什么。他能够行若无事地弄破锁匙，行若无事地杀人。女人在他的周围贡献自己的爱，恰如小鸟儿赞美太阳与力的一样。他是那样的一个人，无论对谁都不肯服从不肯低头的。他的比较尊贵、比较美丽的生命，便是对于危险之爱的热望。

佩德抛弃了父亲的家，就开始见到这些事物，可是一切都笼罩在对穆里司的爱的光中。一个青年的姑娘，在她十七岁时开始认识的男子，就是决定她的一生的。每次她出去做工坐上公共马车的时候，她总是静静地闭下了眼帘；在那种时候，她总是感觉到一点儿疲倦。于是她的脑海中就想起穆里司所给她的快乐。他常常对佩德说："我讨厌做紫檀细木工，现在对于搬场夫这营生，也感到太苦了。"听了这话，她就觉得穆里司是一位超于一切职业的人。穆里司又谈起他的母亲，一天到晚只知道计较二个苏的胡椒、四个苏的咖啡。穆里司是个很大量的人，所以说起母亲来，就表示不屑的神气。他又常常说："当你在你老子家里，咬住了同胞的脚胫，郁抑过活的时候……"于是她就真觉得穆里司是救了自己的恩人，心里着实感谢他。

第一个月的月末，他打起佩德来了，可是那也并不是有什么恶意，只因穆里司是个性格刚强的人，他把他所知道的人，很绝端地分成两派：他跟查尔大帝一样，把一切分作自己中意的和自己不中意的两派。他判断事物总是这样的："那家伙嘛，那家伙不对，可是咱们，咱们是不错的。"他也跟查尔大帝一样，对于人类感情中的细腻的中间性是不懂得的。比方他看见人家先洗脸，后洗手，他就发气。他常常对佩德说："你老是脏手洗脸，真是个混账东西。"

有一次，她在盘子里烧鸡蛋，她把蛋打开就加进盐和胡椒。照穆里司所知，盐和胡椒是应该在蛋烧好之后再加进去的。她尖着喉回答了："不是一样的吗，你可用不到管呀。"穆里司是个直接行动派，在这样的时候，他相信必须给她一点儿肉体的惩罚。于是他就动手把佩德打翻，他以为，把她打翻了，她就会明白真理。

有些时候，说是她做了不中眼的事，把她打了。也有些时，说是自己不高兴，就把她打了。可怜柔顺的佩德，就只得哭泣着忍受这种委屈。她深悔不该把父亲丢开了。而且不久，她知道穆里司的朋友，都是要打老婆的，而且明白了在这世界上有一条支配律，做强者的格言。她开始感到了"我的男人"，这句话所包含的意义。所谓"男人"，好似一个政府，为着要表示他是我们的主人，他就打我们，同时当我们临到危险的时候，他就保护我们。

穆里司以为一个人的智慧是跟精力相连的，因此，他相信自己这个一味柔顺的妻子，是没有一点儿智慧的。但他没有把这意见去对任何人说，而且在同伴之间，他甚至还要佩德装出些硬朗来，努力表示她是一个不大容易驾驭的女子。他因佩德是美人，他爱了她了。总之，他是爱老婆的。傍晚，她做了工回来，他就听见她上楼梯来的脚声。他听得清妻的小步的脚声，他就好似看见她急着回来的姿影。他更喜欢的，是佩德的微笑似的眼色，对于自己的欲望，一切都肯承受的。他爱紧紧地凑合在他嘴上的她的水汪汪的红唇，又黑又长的头发，额上的束发带，跟别的女人表示不同的她的后项上的发涡，把自己的身子很合适地贴合在他的身体上时的一种特别的兴奋，跟他从来所知的女子完全不同的，她的一切。她比任何女子都温柔，比任何女子都端庄；而且是他所独有的妻子，是把处女献给他的女子。她有教养，又正直，表现在身外面，凡是一位布尔乔亚所爱的妻子的长处，她都是具备的。因此，他爱佩德，因为穆里司是抱着布尔乔亚的头脑。在这世界上混到二十三年为止，还不曾把名字写在犯人名册上，可并不是一件容易的事。运命是由我们的每一行为、每一交游而决定的。在好久以来，佩德就已知道当卖淫妇的女子，也并不是跟普通女子有什么不同的地方的。穆里司虽也曾想到另外找一些工作做才好，可是终于绝了念，倒也并不大苦。所有权这观念，他有是有的，于是他就学那些把自己的东西出借给人的所有主了。有一天晚上，穆里司这样说了："你做了工回来，要是路上有人勾搭你，你就接下来，也许可以多少弄几个钱。"这时候，佩德也没有甚大的发怒。

于是，魔鬼第一次张着笑脸走来了。上生意还不多几天，佩德先是做做"打泡"，就挣得十法郎到二十法郎。所以只做"打泡”，是因为穆里司不愿佩德住宿在外边。他俩的手头又灵动起来了。因为现在这营生总是做到十点钟就回家，对她还不算怎样的辛苦；在穆里司，虽然等着她，但时间也不甚多，所以也跟她一样。

此后不久，佩德把工场辞了，她觉得一天整整做十个钟头的工，只挣得四法郎，是太不值得了。她每日八点左右出门，上赛白斯波路到大马路一带去做生意。

就这样地，佩德·梅黛尼当了卖淫妇，穆里司当了流氓。他是聪明人，加之住在这个欢乐之都的巴黎。虽然开头时他也做过工，可是不一会儿，他知道辛辛苦苦去做工的，是上了大当了。于是他做了“乌龟”。因为他所住的这个世界里，住着许多力能通天的有钱人。有钱的人既然想拿了钱买女人，当然就有当“乌龟”的把女人来供应他们。

三

沛尔·亚尔蒂遇到佩德的第二天，心里感到安静了许多。他觉得这个一小时五法郎买来的女人，好像不是用钱买的良家女子，苗条而温柔。因为他从来是穷的，有一种把享乐与代价的关系互相较量的习惯。他知道女人是贪心不足的，只要把大腿扭一扭，就把男人一整天的收入刮个精光。他虽然没有永远避开欢乐的意志，却因生长于俭朴的双亲之下，每次尝味了快乐之后，常常至少是因花了钱而觉到后悔。但是现在一想到互相搂抱而深入销魂境中的佩德的身体，和她手腕上电气一般的迫力，这回想就使他悠然神往于凡二十来岁的青年人皆所憧憬的欢乐中。这世界要快乐是得花钱的，沛尔就觉得佩德所交付的快乐，确是值得五法郎的价钱。他跟女的约定下星期再见，晚上八点半在新桥与鲁佛河边的角子上会面。

沛尔先去，不一会儿，她也到了。她戴一顶白色狭边帽，结了大发结的黑发，愈显得她脸色的洁白与爱娇。沛尔见了，心中甚至感到得意了。他希望在跟她挽着手散步的时候能够遇见一个朋友。

“呵，你来了，我真快活。”

她展开了普通卖淫妇所特有的微笑，有钱给她她就对男子展开的微笑，回答了：

“真快活吗?”

是一个荡人心魄的夕暮，微风沿着赛茵河的流水，像水一般地流着，好似在跟落叶赛跑。在行人的头顶上轻摇着的树木的浓叶，把轻微而和快的摇拂，输送到行人的心头。四周的景物，都似在静静地憩息，一切都显得可爱而令人恋恋。赛茵河，天空，马车，都闪着怯生生的光焰，河边街饰着行道树，好似为散步与享乐孤独而作的森林中的小路。

“散一会儿步吧。”

“好吧，反正我也不忙。”

两人就向美其思河岸的一边走去。沛尔开口说：

“我远远地就望见你急冲冲地跑来；你跑起路来，两脚在裙子底下一动一动，身子稍稍有点儿扭扭捏捏。你很会笑，又很温顺，使人一见就知你是好心的人。所以任你挤在许多别的女人中，我也一定会立刻看出你来的。我虽还只是第二次和你见面，可是我却觉得跟你十分熟悉的一样。”

“听你这样说，我心里真高兴。”她回答了，“我们也一样喜欢跟见过一二次面的人一同散步的呀。”

两人挽着臂腕，两对眼睛，脉脉含情地互相谈着话走路。沛尔心里想，我们俩真像一对爱人。可是这娇小玲珑的女人，同许多和男子搂着腰一并走在路上的许多女子，是同一种类的。一到晚上她们上街的时候，这世界上就顿时涨出了很大的欲望。上帝呀，请多多地派一些像佩德这样可爱的女子，跟我们来接吻吧！使我们的接吻，印入她们二十岁的青春中吧。沛尔已不想到为这快乐将得花五个法郎。

环抱圣路易岛的赛茵河的两臂，在市政府的面前合成了一条大流。这条大的水流，来回地流荡着，映出种种灯光的反照，在沉睡着的河面上，滔滔不绝地前进。在河流上猛然地扬着绿色的风，不绝地晃动着，直到蒲尔旁河岸的寂寞的转角上。万物都跟风和水一样，轻轻地波荡着。连船底都照得很明亮的船，意气扬扬地穿破了水流的外衣。充满在天地间的，被这些美景所融化了的美的爱人们呀！沛尔也深深地感到连他的心坎深处，都映进了灿烂的光明了。

“你看，赛茵河真是美丽呀！”

他又这样说了：

“你望那天空，那边的天边上浮着两三百朵小小的云朵。看了那云儿，我就想为你祝福。由于你的缘故，在我的心中，也正燃烧着两三百的不知其数的思想。”

她微微地笑着问了：

“今晚上天空这样红，这是什么缘故？”

“在我老家那边，说这是战争的预兆。我想，我们俩可不会吵架吧！”

两人在市政府大街的河边，缓缓地走着，互相贴得紧紧的。电车像野兽似的呜呜地叫着通过；可是这声音对于沛尔，却不算怎么回事，佩德正在他的心中，引起了跟电车完全不同的骚动。许多房子好似向地底沉下去了，在人行道对面过来的行人，对他一点儿也没引起注意。他心头很紧张地跟佩德并着肩走。

“这样走着，叫我想起老家的小街来了。”他说。

其实他这句话并不是真的，他不过是因为她在身边，想对她谈谈自己的趣味和生活。他想叫佩德认自己“是好心的青年，是从林木深深的、充满着爱的乡村中出来的”，把自己的心事告诉给她听。他想谈谈自己的身世，把她拉过自己这方面来。

“这样走着，叫我想起老家的小街市来，我老家四围是一个大园子，你生长在巴黎，大概不会知道园子的吧。傍晚的时候，在园子里真是快乐。我们喝喝牛奶，吃自己园子里养的鸡。门外边有小河，又有大林子，林子里的树真是葱郁。我有一个朋友说：森林里的树木，绿得像青春一样；它活泼得令人误认风是从林子里发出来的一般。佩德，如果在林子里，我就在林荫的小路上和你接吻，大家坐在青苔地上，要做什么就做什么，绝没有人会来打扰你。”

于是她说：

“说到乡下地方，我只知道巴黎附近的克拉马尔。医生对我说过，乡下空气好，去住三两个月吧。医生总当每个人要怎样调养就可以怎样的。”

“我们大家这样缓缓地在河边散步，同你在一起，我就觉得一点儿也不局促。你非常随便，听我要怎样就怎样，跟那些急急忙忙地连闲谈都没一句的完全不同。那些女的，简直跟兽一样，全不知道怎样地享乐。”

接着，他又重复说：

“跟你在一起，我就一点儿也不觉局促。今晚上你话说得很少，可是我因为心里高兴，就多说了。你一定也明白，我是一个诚实的青年，为了自己所爱的女子，只要是人能够做的事，什么事我都会干的。为着使女子笑，我就这么去亲吻；为着使女子幸福，我就可以爱得连性命都丢弃了的。对你，你，我一见就爱上你了。你跟我妹妹差不多高；我跟妹妹常在一起散步，我常常讲许多故事给她听。我看你非常诚恳，我就想对你谈谈，我真想把我所知的事都告诉你。我在巴黎是独身一人，可是我的内心却非常不幸；我在做事，给家里经常写信，家里也有回信来，给我写回信的是我母亲；我母亲的信写得不甚高明，可是我一读到她这样地写：‘沛尔，我真是爱你呢！’这一句话，就好似塞住了我的胸头。”

“我的妈在我十七岁的时候死了。”佩德也谈了起来，“她死时，我正在病院里，人家不叫我去见妈。那时候我害了贫血性的黄疸病，其实也不是不跟妈见面，病就可以好了的。那时我想，妈没有了，我们就得吃苦了。正病得厉害，想哭都哭不出来，只是想着母亲没了，心里非常的难受。妈待我们很好，每礼拜六常常对我们说：‘啊，大家都出兵，请你们去喝咖啡。’我们，我的姊姊玛德，妹妹布兰雪，还有我和母亲，就一起上咖啡馆去。门外也满是小孩子，在玩，我最喜欢上街去，街上，都是人。”

接着，佩德就改了语调：

“好不好，咱们回家去吧。我是每晚十点钟就要回家的，否则，以后我们就不能常在一起。”

两人互相弯了腰，沛尔放开了挽着的臂，搂住了女的腰部，紧紧地贴在自己身上走。他把佩德紧紧地搂住，恰如要搂进自己心头的一样。凡她身子上可以接触的部分，都接触到了，在颤动着的臀部上，在苗条的身段上，在一个二十岁的卖淫妇的已经完全成熟的乳部上，都一一地接触到了。在她身子上可碰到的地方他都已一一碰过，甚至他还想更进一步地接触。他几乎想把佩德脱得赤条条的，周身都抚摩到，一切的部分都吻到，舔到。为了这欲望，他的血流中打起了赤红的波涛，他的官能涨满得像熟透的果子。刚才他还把路易皮生、母亲、妹妹等事讲给佩德听，想以自己心灵中所有的一切，灌输到她的灵魂中去，可是这会儿，世界上存在着的已只有一个佩德了。他想到他可以面对面地在她唇上亲吻，他的肉体就几乎快要爆炸了开来。

但佩德一句话也没有说，她什么也没有说。她不能说自己的生活与欲望，她只是默默地听沛尔诉述。她是心地温和的新出淘的卖淫妇，她只是微笑地想：“这男子真有趣，像在跟爱人说话的一般。”可是他所付的只是五个法郎，他就不能使用她的心到五法郎以上。恋爱对她乃是惩罚。自从她把这孱弱的身子供给男子自由泄欲以来，她已十分地明白，所谓恋爱，毕竟是怎样的一回事。她明白恋爱是可以拿金钱来买卖的；因为一恋爱，身子就疲劳，为着报偿这疲劳而得到的，便是金钱。二十岁的佩德，对这一切已都明白透了的。只有吃饭不成问题，才去找求恋爱，恋爱只对这些女人，才赐给幸福和愉快的。但是一个卖淫妇，却不得不把对客人的恋爱有意识地压制，因为这种恋爱是只会使她们不幸的。这位热情强盛的男子，在佩德也不过是不得不忍耐的一个男子而已。

她想到情夫穆里司，想到衣服，又想到皮鞋。昨晚上是她付房金的日期，公寓主人对于干堕落生涯的女子是不信任的，可是她只有五法郎，不能付全部的七法郎，主人总算答应了其余的四十苏展缓一天，但是他说，要是再迟的话，就得立刻搬出去。因之，今天中午她只吃了一点儿昨晚上剩下的残羹，她到此刻还没有吃过晚饭。穆里司骂她“懒鬼”。可是她的肚子倒并不空，人口兴盛的家庭中的孩子，胃肠有一种伸缩性，稍稍饿一下子，并不会怎样难受的。可是她因为这门行业的关系，睡眠总是不足；加之恋爱恋得疲倦了，要恢复身体就得多吃一点儿肉类和烈性的食物。现在晚饭不吃地跑出来，却得听沛尔这篇长篇的谈论。客人当中颇有些不识羞的胡七八糟乱来的人，所以佩德也不觉怎样的烦厌。可是她也不是不能对他把事情公开的，只是担心吃晚饭的钱，要从五法郎中扣除。于是她只好这么想想：“今晚上我什么也不会吃，我又这样的倦。”就满足了。

接着她又想到衣边已经有点儿擦破的衣服，褪了色的套衣；在卡罗丹波尔公司里，出二十个法郎，就可以很漂亮地买一件。布兰雪买过一件绸的，虽然她穿了不大配合。

她又想到已有点儿脏的、发了皱的自己的狭边帽子；可是最主要的还是这双皮鞋。老是这么跑腿干买卖，立刻脚跟擦平，底上会开洞，鞋头上脱了线，走起路来就会张开口来，发出啪嚓啪嚓的声音……总之，要一双好皮鞋；因为皮鞋漂亮，当兜揽买卖，把下裾褰起的时候，脚形就显得好看。而佩德这双皮鞋，不消两天，就会露出脚指头来了。幸而天气好，运气还不算坏，明后两天的买卖，除去了吃饭，能不能再有钱多下来可以买一双皮鞋，她在头脑中这样地计算着。

她知道跑到普莱德旧鞋店，花三个法郎，就可以买得一双。

佩德又想起了自己卖笑生活的种种，她今天做了沛尔的买卖，还得再找一个主顾。明天，还得找明天的两个主顾。过了明天，就得为衣服，再其次，就得为帽子而工作。到那一天，这双皮鞋一定早就烂了。

一天天的疲劳，一天天的困倦，接连着接连着，她的生活是永远没有变化的。赛白斯波路和大马路的人行道，每天长时期地徘徊，就觉得生活真是石头一般的坚硬。无论望哪儿去找，绝不会找到一点儿安慰的。今晚这位青年男子，至少要叫佩德感到一点儿疲劳的。于是，另一个男子，又以金钱的威力，向她做同样的要求。男子们作践她们的身体，直使她们到精疲力尽。她们要这样才能找到每天的面包；这种思想，在佩德的头脑中，恰如刺螫孩子们的心，使孩子心惊胆怕的小小的黑虫之群，嗡嗡地乱吵。

他们俩走到了沛尔寓处的门口，一跨进了门，他就一把抱住了佩德，说：

"佩德！我真是爱你啊。"

于是他就扭开了她的套衣的肩纽。

四

萨诸红斯街的公寓房间内，一近正午的时候，从挂着转了灰色的纱帘和嵌着肮脏的窗格子，向院子开着的窗子里，照进了黄灰色的肮脏的光线。变了黄色的壁纸，没扫除周到的地板、椅子和桌子，还有一只皮鞄，这一切，便是一星期五法郎的卖淫妇的房间。潮湿气的白木桌子，两把破椅子，另外一张放面盆的桌子，这些东西，看去虽不怎样的古旧，因为被潮气腐蚀了，发出阴郁霉烂的样子。还有一张粗糙的床——一张给灵魂与肉体两都污秽的人最相配的床，在那磨烂的床毯上，泛着黄沉沉的汗斑，到处都还显着一块块的污渍。

佩德只穿了一件衬衣，她刚才起来。窄狭的肩幅，泛成灰色的衬衣，肮脏的瘦黄的脚，无论在身上哪一部分，都看不出一点儿漂亮的地方。眼皮是睡涨的，头发是蓬乱的，站在这混乱的房间中的她，也显得混乱已极。她的脑海中纷扰着种种的胡思乱想。正午时间的睡觉，跟恋爱、酒精、昏睡的昨夜的生活一样的沉重而肮脏。她想到从前，只要好好儿地睡一夜，头脑就明净清洁，心里就发生了一种感想，难道自己就从此完结了吗？纵使你睡了，可是朋友，你还是什么都丢不开去的。她觉得从昨天来使她胸头闷塞、呼吸不舒地那个懊丧的重担，现在还在感觉着。她想起了一切，那个好似发怒的怪物一样，两膝搁在她的胸上，紧紧地压迫住她。实际上，一看她那小巧的颞颥、苍白的两颧、没光彩的嘴唇，她就感到再也没有思想，再也没有勇气了；不仅如此，她还感到人生是拿着大铁锤对向做无限的恶事的人的，并不是一件快乐的事。

“喂，穆里司，我想大概是不会错的了。我昨天对布兰雪说了，据她说，她害那病时候的情形，完全跟我是一样的。”

他一句话也没有回答。

她计算日子，算那发病的一天，看这病是从哪个传染来的。据她所知，弄到她现在这样子，大概是四十天的模样。于是她按照场所情形的不同，一个个地计算接触她的男子，真想到接触时候的……从前所经历过的恋爱，形成了一条行列，和当时所说的话、身段的姿势、态度，同时公寓的房间和房间之间，一一地在目前想象出来。她想，以这样的回忆，紧紧地抓住过去，从其中清楚地找出一个男子和认识这男子的日期来。她觉得好似已经找到了这个人，可是又觉得到了现在，就是找到了又有什么用呢？一切，一切都已不中用了。她就低垂了脑袋，让自己浸身在忧伤之中。

穆里司打破了沉默：

“究竟是跟谁传染了来的，我要知道了，一定不饶放他，把他打开脑袋才甘休。”

她急忙忙地穿换了衣服，下楼去买了一点儿葡萄酒和猪肉。两人慢吞吞地靠在桌子上用了餐。桌子上的一只水瓶，肮脏得恰跟在公寓里喝腌臜臜的水的人相配。穆里司低垂了头，饱涨了两腭，大口地很威势地吃着。

他拿了帽子和放在床边桌子上的一百个苏，向外走去了。

8 月午后的阳光，从青苍的天空中落在行人的肩头上，像一件厚重的外套。他沿着花店河岸走，花店里的花，干枯地萎垂着，卖花的流着汗，很安闲地望着行人。暑气压在他的头顶上，酝酿着许多没条理的混乱的思想，黑沉沉地涨满了脑袋。他出生以来第一次碰到犹豫不决的心境了。从来他走路是不做胡思乱想的，而今天却在这行人稀少的河岸路上，毫无目的地静听着自己的脚音。他向奥罗琪河岸那边走，沿着有监狱气息的法庭墙边，穿过了杜芬的广场，越过新桥，依着河岸街的行道树和书店之间，拖着一对累垂的大腿，好似蹈步在自己的思考上似的走着。他什么也没有看见，连奥兰车站的夫役、苦力大队、河中的汽油船、拖船的影子，都没有映进他的眼里。一个实行家，他的思考也好似作为行动而表现出来的，他使劲地在从自己四肢流下去的思考之波中走着。他在龚果尔桥那边兜了半个圈子，又回到河边来，取道婆乃白街向泼莱山思区走去。

一句沉重的呼声，好似拖在他的屁股后边，跟在他后边，他走一步就发出雷一样的轰炸，隆隆地响着，像一架黑色的大鼓似的拖住了他的步伍。梅毒，佩德与梅毒！他觉得梅毒好似一个血赤淋漓的伴侣，好似一个怕人的狰狞的恶客，紧紧地跟住在他的身边。他好似火焰烧到身边，想跳进水中去的一般，走过婆乃白街，跑进泼莱山思区。梅毒，佩德与梅毒！他对于自己的敌人是很明白的。他犹似那些不怕天不怕地的人一样，是敢于直面相对的。他也明白作战的方术，毫无后悔与羞耻地在人生之真中高行阔步。无论是强盗，是罪恶，监狱，在巴黎大街上偶然遇到的一切，他都能够应付裕如的。可是梅毒，佩德与梅毒！他觉得，他要毒视着它，直到把它正面地捉住，拉住它的胸膛把它掀翻，把它杀死，直到自己获得胜利的时候为止。

他想到了许多可怕的事，不知耻的罗桀，呻吟的声音，腐烂的肉体。他记起了专门术语“雪非利思”这四个字。他想到了那替这病命名的，研究了这病的，顽固而像一把利刃似的科学，他觉得畏怕了。所谓科学，总是使我们死在医院里，向我们眼瞪瞪地望着的。科学只当我们不过是一块肉体，一个病，一会儿死，再不是别的什么，它拿了它的术语、它的器械，毫不厌倦地向我们的生命刺了进来。

可是“梅毒”这个名词，却比科学更要可怕。不，对于穆里司，名词是不可怕的，名词乃是病的想象的幻影。在这世界上，有些人是不得不超越了幻影，不把名词当作问题而生活下去的。他是一个“乌龟”，他是一个“流氓”，这可有什么打紧呢，他以为笑骂由他笑骂罢了。就是“卖淫妇佩德·梅黛尼”这名词，也一样地不足介意。只要能够自由自在地活下去，名词之类可有什么打紧呢。可是梅毒！他想起小时候所听到的事。当他十四岁的时候，他邻近有一个人，二十二岁就死了，据邻近女人的话：“他死的时候，人变得一团糟一样，全身都腐烂了。”全身都腐烂了……他又想起了许多孩子时代的事，清净无垢的心念开始苏生了过来。他从没有害过病，从乡下出身的他的母亲，对他说过：我们家里，从没有人害过这种病。全身都腐烂了……他想象了血赤赤的、流脓汁的伤口，纱布，药水，棉花。在他的眼中，映出自己变成了绿色的、腐烂的身体，躺在医院的床里。他当紫檀细木工的时候，曾听见有一个同伴说这样的话：“我要是害了梅毒的话，就在脑袋中打两响手枪拉倒。”

到了泼莱山思，他就跑到母亲的家里。她开了一家杂货店，过着刻苦而烦琐的生活。因为邻近一家食品店，把附近一带的钱都吸收了去了，她就只得做做一个苏两个苏的买卖。她坐在账台边，发挥着小商人所特有的口头春风，嘴里滔滔不绝地应酬主顾。

同居的一个女人见了他说了：

“啊哟，那个好像是你令郎呀！”

他郑重地打了个招呼，这对于大抵的人是使人发生好感，使做尊长的心里平和的方法。接着他就跑进店屋里。他支着头靠在桌上，跟着脑袋中梅毒的音乐一起，望望屋子里四边的东西。在平时，他总是以一双不屑的眼，瞧这穷酸气的生活，一边想想自己的自由生涯，而感得一种优越感的。可是这会儿，就是从不知后悔为何物的穆里司，也觉得这店屋子内是多么的平和，而且这平和是多么的可贵。可是他的动荡的脑袋，却跟他的思想全不发生关系地跳舞着，好似永无静止地涡卷地漂泊着东西一样，在深渊与深渊之间涡卷着，跳舞着。

他被他的恶灵推摇了一下，他说：

“给我一杯葡萄酒吧。”

母亲担心着他是来要钱的。

“你脸色很不好啦。”她说。

他喝了一口酒回答了：

“嗯，今天有点儿乱杂杂的，人不行。”

接着就站起来，忽地向外跑去。

他逃出了母亲的家，在人影幢幢的暗黑的狭街上，走过少年时代所熟悉的店铺和酒馆之前。马车在车道上把铺石碾得轰隆隆的，来来去去地驰过。他眼瞪瞪望着那些在大街上大声喧哗的女工，以至臂上挽着可称为他们妻子的娼女的一边笑一边走的青衣的工人们。叫唤，从兜圈子闲蹚的，到醉于恋爱和酒精的醉汉们，好似都害了热病，生命正在觉醒，正在动荡。四周的空气充满了像咸货店跟酒店那样的气味。这时候，他在这泼莱山思区的正中，忽然想起他的朋友大胖子裘尔来。他觉得希望又重新抬头了；希望这东西，它的产生是令人莫名其妙的。他一边儿在8月午后的凡夫街走着，一边儿想起大胖子裘尔曾经害过梅毒。不仅他，还有查禄、保罗也都害过；可是他们都没受梅毒的害。于是他想："何况我有没有害上，现在还不曾明白的呀。"他想，佩德最初症候发生就对他公开了，从那时以来，一向就谨慎了的，一定不会传染的，他努力地这样意识。

这样地，他走到了熟悉的梅侬街来了。这一带有许多他的朋友们所常到的酒排。穆里司留心着想找到一个朋友，果然，在一家酒排的露天棚下，照例地找见了裘尔的影子。

"我正想着你，你来得好。"

大胖子裘尔正坐在酒排的露天棚底下，一边望着行人，一边喝马尔克咖啡。他那脑袋——昂然地直伸着的脑袋后部，覆着一顶乌打帽，他正在望四周的风物与行人。他的想念也跟他本身一样的结实而镇静，照平时似的，各自保守着自己的阵地。裘尔抬起脑袋来，穆里司在他身边坐下。裘尔很喜欢他，因为他的个儿虽不大，他却有那筋肉与两颊，和结实的意志。穆里司要了一杯葡萄酒。行人们不绝地在他们面前通过。两个人没有别的事做，就眺望着行人，胡乱地做些短而滑稽的批评，当作消遣。这样地，他们俩就想起了天地创造的时候人类的始祖亚当，坐在大橡树的树根边，一边望着前面经过的飞禽走兽，一一地加以检阅，一边一一地替他们起一个名字。

终究，穆里司忍耐不住了：

“你不是也害过梅毒，是不是厉害起来就会病倒的？”

“你害了梅毒吗？”

“不，只是有点儿担心。”

“哈，哈，担什么心，真傻鬼。梅毒有什么打紧。大约两年前我也曾害过，住在圣德大洋房的时候，吃过一点儿丸药，以后就没有发过。我害这病，是富冷馨那儿染了来的。早知她害了这病，我要不去就不会染的，可是老兄，哪有一个男子，为了怕梅毒，就把女人丢了的呢。”

接着，他又给穆里司说明了，害了梅毒，皮肤上会发出斑点，嘴里会长起一层薄皮来，结果一会儿就自己好了。他坐在椅子上，照平常一样的调子，说明了梅毒。一讲完，心里又去想别的事。无论是监狱，是梅毒，在他都不算一回苦事。他的意志是比一切病苦、一切灾祸更坚强的。他能在危险的群集中，堂堂阔步。一旦下了战斗的决心，他就既不发怒，也不兴奋地，坦然地去战斗。他是比梅毒更坚强的。

不仅如此，当他听穆里司说没有害过梅毒，不禁出了一惊。他重复说：“我们大家都有这病的。”穆里司又要了两杯马尔克，把自己的一份一口吞下了。假如他还没有染上，那么现在正是该与佩德分手的时候。她刚发病的时候就对他说了，也许他真还不会染上吧。女人多的是，稍稍内行一点儿的人，弄个把女人，是绝不会失败的。这种思念，蜿蜒而来地，好像要缠绕住他的头脑的一般。大胖子裘尔的想念，离开了他刹的一下投在他的面前，在他的眼前蠕动；他又把自己的想念也放在眼面前，跟裘尔的并在一起，茫然地看它们蠕蠕前进。他就把自己的一份马尔克一口吞下了。

各自付了自己的账，两人就站起身来，大约是四点钟了。把两手叠在背后，使着那种靠女子吃饭者的镇定的目光，慢慢地走出了梅依街。在宽阔的马路两旁林立着的大洋房，也好似失去了它的高度。商店的陈列窗很零落，大路上好似没有行人的一样。于是裘尔和穆里司就觉得自己的伟大。两人踱着泰然的缓步，抬着主人翁似的眼线，在好似一个人熟悉自己周身各部一般地熟悉的街道中，安步当车地走着。好似在这条街市中，他是有着种种权利的。穆里司又稍稍恢复了他的自信：“我是穆里司，绰号叫作蒙派乃思的葡萄。”走到这条他幼年时代印了第一步脚迹的街道，他又感到了年轻时代一般的自在的心境。他望望四周的风物，心里想着这些都是旧时的景色；而且现在自己的经验比从前增加了，对于这些旧物的理解，已深了许多。

他感到做人总得有自信力。老是想象着不幸而试验自己的人，不一会儿，就重新发现曾经鼓励过自己的力量；这力量正是永远的，与不幸战斗的武器。

两人碰到了小姑娘赛雪儿。她没有戴上帽子，披了一条围裙，正在跟他俩一样泰然地在街头走着。她头发是栗色的，稍稍有点儿胖，身体的轮廓很锐利，使人联想到一把刀的刀锋。她说：

“我把马塞安赶走了。他说他讨厌我了。我就对他说：好，好，再好没有，像你这种不中用的猴子，还要你做什么。”

大胖子裘尔，因为她是他的情妇之一，他就笑了一笑。他情妇很多，但是无论对于哪个女子，他从不想带在身边，一起过活。不过他对于自己势力范围中的女子，却有自由施爱的权利，每天晚上，当他的情妇们完了买卖要回家去的时候，他就去抓住其中的一人，不问三七二十一，带走了去过夜。

穆里司也笑了，他想到自己比了那被女人赶走的男子，是优越得多了。

这时候，他那自信——“我是穆里司，绰号叫作蒙派乃思的葡萄”已完全恢复了。他把身子一伸，挺开胸脯，两脚结结实实地踏着大步走。不一会儿，从头顶到脚尖，他都感到自己是一位蒙派乃思的葡萄了。

大胖子裘尔在他的身边，光荣满面地像凯旋的军队一般地走着。现在，他知道梅毒者，乃是一个好汉的生命之一部分；这道理虽然好久以来他就知道的，不过还没有现在这样成为心胸中的深刻的知识。穆里司也跟别的许多人一般，经历了一番深刻的痛苦，终于获得了全部的知识。周身都腐烂了……他想到裘尔和其他许多朋友都没有腐烂，他甚至觉得这句话真有点儿滑稽了。什么梅毒，什么科学，要穿凿了人们的身子来找病苦！可是碰到我们的意志，它就没法动手了。老子娘，杂货店，真是穷酸气的买卖；仅仅为了拾一个两个的苏，就得把身子折成两截。梅毒确是一种灾难，梅毒这灾难正和吃官司相像；出牢的时候比进牢的时候人就要硬朗得多。

心里一欢喜，他就想喝酒。真高兴，高兴得不得了，这时候，就喝酒，一喝酒，就高兴得更高兴，醉得混陶陶的。他俩坐在蒙派乃思车站前的酒店里，两杯亚北山特。摇摇晃晃的大马车，一跳一跳的轿式街车，隆隆地作着声，吹着角笛的公共马车、电车、机器车的汽笛声，汗流如雨的行人，午后五点钟的迫人的阳光，八月傍晚的尘灰，去的去，来的来，整千整百的行人；一切混搅在一起，蒸汽起重机，汽车，人，马车，畜生和轿车，工厂与车站的文明，一切回旋着的，一切来来往往的，发出轰轰的骚闹，在面前流动——正在这时候，地面上产生了地狱的声音。人家见了两人就会说："乌龟喝亚北山特。"当"乌龟"者的脑袋，喝些亚北山特也不当一回事。当穆里司跟大胖子裘尔一起出走梅侬街的时候，已经恢复了做男子汉的自信；可是他一边走着一边却一心一意地，在意识中思念一切的善，与一切的恶。恶的知识，跟夏天的果物一样是好东西，它帮助我们，毫无畏怕地勇敢地在梅毒与牢狱之中高行阔步，像一个大旅行家一样。亚北山特在他们的脑海中灌进了热量与幸福，把那恶的知识打着转旋。我是穆里司，绰号叫作蒙派乃思的葡萄。所谓穆里司者，是能够把女人捏在手掌中而加以驾驭的人。他有个做纸花的女工佩德，她是一个美人，一个处女。捉住了她，可以尽量地欢乐。既可玩弄，又可以做自己的生产工具。他向自己四周围望望，他一眼就能够吞进一切的东西。碰到脚踏车也好，碰到店头的商品也好，他的手指头就跟他的眼光一样地动得迅快。无论怎样复杂的钥匙，他都知道怎样构造。手指头的动法，与指头上筋肉的动法不同，他要怎样就可以怎样。他弄大人跟弄小孩一样，弄银箱就跟弄玩具一样。他懂得一种叫作“狼脚”的隐步法。他会张着火一般的眼睛，在黑暗当中看见东西。他知道打在什么地方可以使人痛。他知道“杀拳”“打拳”“抵拳”的拳法。他知道遇到危险的时候，刀有什么用处。有人在烦恼，有人在发愁，只有他却无忧无虑地在大马路上高行阔步。他能够征服周围的一切。他走，好似他在自己家里走一样。他觉得，他的思念，他的器官，他的思维生活，他的现实生活……一切都满足，一切都自由。

大胖子裘尔拍拍他的肩头：

“喂，穆里司，不要睡着啦。”

他回答：

“真有味，我正在想我的梅毒。”

大胖子裘尔笑了：

“什么，你在想你的梅毒！”

他又要了两杯亚北山特。

第二杯亚北山特，在穆里司的脑袋中装满了嗡嗡的声音。这声音像波浪一样地在他身中荡来荡去，围绕到心脏了。头脑中感到有几千万的思想，在醒来，转动，笑，歌和叫唤。像互相呼唤，像来往的脚声，善良的反响对恶反响回答了：爱她呀，佩德正屈着身子，害着梅毒惨笑。整个的世界，看来也好似在露天棚下喝亚北山特的天真烂漫的梅毒患者一样。伟大的感情——恋爱，信心，科学，正在车站近边的街上叫唤着，来来往往地跑。

喜气充满了天地，一切动作都像在跳舞。跑到做梦者的旁边，一切人都变得很小很小了。“人生”在笑着，好似很熟悉的，任自己摆布的女子。

忽然，他想起了那首歌。是一首安慰歌，一首梅毒患者的古歌，是做病人的音乐的歌；他使负伤的我们变得又温柔，又艺术。

医院里的庸医……

你含有伟大的爱与绝望，含有绝望以上的东西。你在迦伐里把我们钉上十字架。你把我们的伤痕暴露出来给我们看。你使药与医治变成歌，你调笑病苦，你望着我们跳舞。你使我们把我们的痛苦当作光荣。啊，祝福你，在你所产生的医院里，梅毒患者的歌呀，你从这只床到那只床地歌唱到一切病人的心坎，你使无底的死变成圣洁，你用你的翅膀，抚慰梅毒患者的额角。啊，梅毒患者的古老的歌呀！

“吃得苦中苦，方为人上人。”你使我们想起这句名言。你是善良的知识，你还是恶的知识？你把你的老耄的身材，仆倒在我们的身体上。我们当你是在告诉我们水银剂的药，不料你却告诉我们恋爱。你对我们说：“喂，兄弟，坐在你的床前，把两手放在你的健康的心头的，是你的妹子呀。”

穆里司跟裘尔分了手，就向连尼街走。他想回家去。傍晚七点钟时候的凉风，流漾在街市之间，冷冷地拂着行人的脸面，缓和一天工作的疲劳。行人们虽显得有点儿倦意，但是却有一种把重担卸下了肩头时的轻快的感觉。于是大家都满怀着夏天的爽朗的心境，急匆匆地向家中，向女人那儿走去了。穆里司比平时更显得扬扬得意，浸在酒精中的血流，流漾在四肢之间，使他变得和气而善良。为什么一个人的心会得意到如此地步呢？“今晚上我真有点儿怪。”他想了。他走过一家大水果铺面前，一眼瞥见许多满装橘子的箱盒。小橘儿，水汪汪的，指儿大的小橘儿呀，你是不到我“乌龟”口里来的呀。他又走过一家水果铺，这会儿，他特别留心望一望，可有没有橘子盒儿。这可有点儿为难：第一，须要趁人没看见，一刹儿把它拿到手；于是动作就不得不快速。他把橘子盒儿藏在大衣底下，脸色坦然地继续走去。为着使佩德欢喜，为着带有礼物跑进家去可以神气点儿，为着表示一点儿自己的本领和一点儿自己的爱，为着在那可爱的嘴里，投进几个橘儿去。

一会儿，他又想起梅毒。嗯，假使还没染上梅毒，假使还没染上梅毒！这样想时，好似自己的光荣打了折扣。他热烈得想跳起脚来似的跑着。如果还没染上梅毒，那么，现在正是一个很好的机会。他肋下抱着一盒橘子，意气扬扬地、头也不回一回地、大声地叫喊着，向着目的物冲锋前去了。

当他跑进房里，佩德正在烧一点儿菜预备晚饭。

“嗨，你看，拿了一盒橘子来了。”

她嫣然地一笑：

“啊哟，穆里司，为什么这样高兴啦？”

“来，来，克斯一个。”

她跑过身边来了。当她在穆里司的唇上大口地亲上吻的时候，他就两手围上她的肩头，把她抱住了。他伸颈子吻到佩德的嘴上，而且继续不断地，一会儿轻，一会儿重，一会儿又很重很重地，一会儿又很轻很轻地吻着，吻着。一边这样吻着，一边把她愈抱愈紧，贴在自己的身子上。

“哎，快放手，菜烧焦了呀。”她说。

他笑了：

“别管那些事。”

他紧紧地抱住佩德，把她的身子弯倒了，使她仰向着后面。从来，他没有这样性急过的。他也来不及脱去佩德的衣服，就把她拉向床边。佩德张着她那永是忧郁郁的眼，瞪瞪地注视在他的眼中。

“不行不行，穆里司，你不是已经知道了吗……”

他回答：

“别管那些事，有什么打紧。”

这时候，他觉得自己的心融化起来了，周身都感得异常的和快。于是他说：

“你……”

五

路易皮生住在鲁佛河边六层楼的一间小小的四方房间里。房中放着一只四角包铜皮的铁床、薄木板的书箱、洗盥台、披红台布的台子、在市政府的廉卖场里用十二法郎买来的两把亚美尼亚式的沙发。地板上铺着油布，墙上贴着两张广告画和几张板画。

他自己布置了房间，照自己的意思布置得很简朴，度着很合适于独身者的生活。窗子正对浩渺的河水。因为跟新桥和近处小公园很相近，风光水影，映成生动而清澈的景色。

这是在巴黎吗？不，这是在天高气清的水国呀。风呼呼地叫着，像马车的轰隆。

这天晚上，路易皮生正在烧咖啡。收拾房间，烧咖啡，是安静我们精神的，和整理家具一般把我们的心念整理得井井有条的，一种很简单的工作……关于烧咖啡，他又有他的意见。他不利用烧剩的咖啡渣。把咖啡榨好了，再等一滴滴的热汁滴下来。虽然多花一点儿时间，可是要烧得好，当然得费事一点儿才行。

当沛尔·亚尔蒂叩门的时候，咖啡已经烧好，正在沥汁。路易皮生说：

“我正在没办法呢。我不是从前对你说过的吗，那个跟我通信的姑娘。我想到那姑娘，我就特别拘谨自己的欲望。一个普通的女子，总是头脑单纯、性情温和的。我想依照自己的理想去教育她，想借书给她；她很喜欢读书。而且我想，她一定会了解怎样可以使家庭有秩序而幸福。晚上我在家里工作，她就坐在一旁打绒线衣，她在我的身边，就好似一朵小小的火焰放在我身边一样。不料昨前两天，因为女老板不在家，我们就一起出去散步，原来她是什么玩儿的事都欢喜的，一味儿地对我诉苦，说什么咖啡店的乐队没有听，跳舞场不能去，热闹的街头不能去跑。于是我就只得带她去走走，结果她终于说要到勃丽叶跳舞场去；这时候我才明白了，我一心只想做一个普通人，原来世上一切普通人，都是喜欢晏安鸩毒的。我可不能做那样的一个普通人。别人不能理解我，他们不懂我的生活的乐趣。于是我跟她绝了交了，我原想找一个女人，现在终于又只剩自己一个人了。”

路易皮生是有点儿自信的人，他唠唠叨叨地讲了一大顿。他的同事常常对他说：

“你总说你自己不错，还要一天到晚讲道理。”

两人抽抽廉价的纸烟，喝喝咖啡，一坐在亚美尼亚式安乐沙发内，就都变为幼稚而娇嫩的青年办事员了。两人都为了到了二十岁左右的青年受恋爱的烦恼，也为了在穷人是很痛苦的巴黎的缘故，都是不幸者。

沛尔·亚尔蒂说了：

“我自从认识了那个叫佩德的可爱的女子，花五法郎也不觉得甚大的苦，不料那女的却害了病到医院里去了。”

于是路易皮生说：

“我住公寓的时代，也相好过几个妓女，她们看起来好似很快活的样子，其实跟小孩子心里惊怕时，故意大声叫唤，壮壮自己的胆一样。”

沛尔·亚尔蒂每一次跑到这位友人的家里来，就可以得到许多教训。两人过着共同的生活，路易皮生担任着露天通事的任务。他很勇敢地分析地去思考周围的事物，不时地发现以前的过错与新的真理，为着使自己的行为与思想一致，常常感得很大的苦恼。分析事物，绝不是冷静的学问，要从我们的心头滤过，使我们的心历练苦痛，才开始有可能的。路易的感觉，常常叫醒沛尔的感觉。因为两人的生活是共同的，两人的心灵又都是严肃的。沛尔也曾想：“为什么我总当他的话是对的。”他虽也跟路易同样地思考，但比之路易，他的思考就颇有及不上的地方。

沛尔·亚尔蒂继续说：

“她害了病以来，我更爱她了。她写了一封信给我，虽写得不好，却可以想出她很痛苦，精神在渐渐地萎弱下去。她信里说：‘我像一个害病的小孩子，把心中的一切献给你，给你接吻。’我送了一点儿钱去了。我想等她出院，我们的关系一定可以弄得更好吧。”

路易皮生想起了自己冗长的过去，心里微微地笑着想：“我又要讲道理了。”立刻，他发言了：

“一个女子在痛苦中时，你必须更加爱她。不仅如此，我相信如不能给她帮助，就因为爱还不够。我从前认识一个刚上生意的女子。那女子在十四岁的时候——那时候她住在她的开酒店的后父家里，有一天认识了一个目光怖人的男子。那双眼睛好似有万能之力，把这姑娘完全征服了。有一天那姑娘跑到这男子住的公寓里去，莫名其妙地做了他的老婆。照那姑娘说，他迫她脱了衣服，以后又把她放在被中。她在被中缩成一团，一动都不敢动；这期间周身疲惫，失却了处女，呼呼地睡着了。我不懂她的父母为什么不去找她。总之，他俩就这样地住了四个月。那时候，她还可以糊涂过日，男的渐渐地把她的纯真的心染坏了，有一天晚上，就亲自带她到大马路上，亲自兜了一个客人给她。那时她挣了十五个法郎；她说，不知为什么，她那时觉得很高兴了，真天真。

“她同我认识的时候，大概还不到十七岁。我几乎从来没见过这样活泼的女子。她好容易找到工作，编打金丝线的织物。你说，真令人佩服，无昼无夜地永是没有休息的；年龄还不到十七岁呢。可是她虽然这样勤恳，一天还挣不到五十苏以上，在她后边，照例地是那男子捏着大拳头等待着她。毕竟没有办法，遇到要付房租的时候，她又只好上街头来找买卖，于是就认识了我。有时候，甚至早上跑来向我借两个苏。

“时间过得久了，又发生了种种别的苦楚。首先是她老子娘担心起来，找到了女孩，以后有一年之久，被关在圣米修修道院里；那修道院是专门关不良女孩的。出了修道院，那男子又来求婚，她母亲也同意了，你说疯不疯。不过世界上的事，都是这样子的；于此，她又开始过昔日的生活了。那男子捉弄这女子就不算一回事，不，甚至还在以此自得呢。谢肉节的有一天，两人一起出去散步，在路中见到了一个差不多的女子，男的就跟了上去，从此就整整的三天不归家。

“以后又经过了好久，终于同男的分手了。可是那男的还不时跑来问她要钱；那时候女的恰正结识了一个十九岁的青年男子。女的对我说，等我年老了，我也忘不了那人。并不是因为他有钱，只是想起他给我的好处，我真是忘不了他。那人真是一个善良的少年，非常地爱她的。有一天晚上，女的很累了，那男的甚至还抱了她从巴士的广场，直走到杜美思尼街的尽头。他又常常乘女的不在家，跑到她住处，在桌子上放下一点儿使女的出惊的礼物，他真是个天真的男孩子，他想使她惊一惊，他就快乐。他在家里有许多用人，他的母亲还有随身丫头，可是他到她那儿去，见她不在，就替她扫地擦皮鞋，什么都肯干。他俩弄得这样好，不料结果却异常的悲惨，那个男子又跑来了，把青年揍了一顿，揍得他整整地在床上躺了六个星期。

“这故事我还是最近才知道的。我一天比一天明白了，呃，原来这世界上一个可怜的女子的心中，竟有一个男子的伟大的爱，使她感受到这样深刻。我一定也要深入到这姑娘的心坎中去。对于这位姑娘，那青年是来到得太迟了；但我去的时候，恰正是好时候，那已在三年以前了，她那时还没结婚。我是可以从那男子的手里救起这位姑娘的；我应该奋斗，应该把她放在自己的身边的，我确有救她的义务。呃，你懂得吧？我是可以救她的！啊，为什么在那时候，我不曾爱她爱到那样的热烈。我也应该去收拾她的房间，替她去擦皮鞋的，应该有那样的甘心在床上躺六个星期的爱。在这世界上，正有着也许可以由我来救的女子呢！”

路易皮生把话讲完，就两手抱着头，暂时地沉默了。两人一同注意到咖啡壶已经空了。在底下街道上驰过的车声，直响到六层楼上来。路易皮生又说了：

“啊哟，你不是在说你的女友佩德？她现在在哪个医院里，你还没有说啊……”

沛尔回答说：

“在普洛加医院。”

路易皮生似乎出了一惊。

“嗯，你还不知道普洛加医院吗？我倒很明白的，我告诉你吧，那是妓女们去的医院；害病害得很重的，害梅毒的女子去的。”

沛尔·亚尔蒂觉得路易皮生的话，像火一般地投进他的心头。千头万绪搅在一起塞上胸头来，他感到好似许多不幸和邪恶，泛滥了起来，侵袭到他的喉头；一会儿，他又感到在平和之中的幸福感。因为现在虽然有梅毒与普洛加医院的气味，但当他跨出恋爱的第一步的时候，他毕竟是跳了热闹的舞。他感到了在这样平和之中的幸福感，一边儿在心头描绘着乡间老家的景物，和站在大门外边的梅毒。他悟到从来是把生活看得太容易了。

路易皮生依然继续着他的健谈：

“我从前曾经到普洛加医院去过。过去中学时代的一个友人，在那儿当外勤医生。我看见许多害病的女子，正在受X光镜检查。又看见来医治下疳的加尔且的妇人，听人说害了梅毒有什么打紧，吞三年丸药就自然好了，她们就笑了。又看见一个女的说是害梅毒已经第十八个月，正在那儿哭。她两手抱着头，一边嘴里说我是一生一世医不好的了，一边哭着。医生大声地笑着安慰她。忽然又来了一个老太婆，像一匹畜生一样；她好似受苦也受惯了，一句怨言也不吐，让人家怎样她就怎样，真是一匹可怜的畜生。”

路易皮生完全忘了沛尔，尽自滔滔不绝地谈着。忽然，像电光似的一刹，一种思想闪上他的脑海，沛尔与佩德是……他看见友人双手扭在膝头上，默然地不作声的模样了。他又想起那可怜的害梅毒的姑娘，泪流如雨地哭着的模样。他觉得这模样是太悲惨了，他竟不能说出一句话来非难他。一个二十岁前后的青年的性情，常常为朋友的一句话所左右，跟自己内心的作用一样。沛尔听了路易所讲关于恋爱的意见，心里静静地想，这意见跟他宽大的心相融合，他感到对自己害梅毒的恐怖，同时又感到对佩德的同情。但他非常恐怖，他没有正面直对梅毒的勇气；他知道人家说梅毒是无耻的，病中的最下流的病。

于是路易皮生站起身来，走到沛尔身边，拿起了他的两手，紧紧地握住。从来他对于自己感情的表示是非常谨慎的。但是，啊，上帝，他想，我说话可说得太大意了。他对他自己，他自己的话，以及对普洛加医院反抗了。自己明明存的是好心，却会搅成不良的结果，这真是什么话。于是他站起来，走近沛尔的身边说了：

“我说得太大意了，喂，沛尔……我太大意了……”

他喊了，他想对四边的房子大喊：

“我错了，喂，沛尔……我错了……”

回到家后，沛尔就给佩德写信。

亲爱的朋友：

我想你读了这封信一定会不快的，我写着我心里感到很痛苦。佩德，你现在病了，我要是能够，我就想坐在你的旁边安慰你；使你知道为了你的痛苦，我是在怎样的痛苦。可是现在我有几句话不得不对你说。

到今晚上为止，我还不知道普洛加医院的情形，可是现在我知道了那医院里治的是什么病。你一定是很伤心的，但是你不要以为我会丢弃你的呀。我绝不打算说，我要把自己的东西丢弃。我与你已有三个月以上的交谊，你是我的一部分。现在，我邮汇三法郎给你。

现在我要说的，就是我们两人的关系不得不有变更了；我不愿染上你的病苦。并不是我怕牺牲，不过我做了牺牲，在我固然苦痛，在你却也毫无用处。我们还是照旧地见面谈谈，天气好的时候，就一起散散步；大家过一种良好的友谊生活吧。

你一定了解，我是不能跟你一起害病的；我看我还没有什么症候，也许可以逃过这个灾难。不过也不是就此安全，一位当医生的朋友对我说，不再过两星期，是还不能十分明白的。

但是佩德，假使我害了病，我也要原谅你的。我的家族中，从没有人害过这种病，我绝不想传染给别人。总之，我与你照常互通音问。我绝不会后悔，我与你的相识。

我一边儿思念着你，一边儿离开你去。我想你读了这封信，你会怎样地悲伤，我真是担心。我鹄望着你的回音。我是永远爱你的；愈是因人病了，愈是我觉得你可爱。

给你接吻

大概过了两天，他收到这样的一封信。

沛尔君：

我读了你的信，我病了。把我弄成了这样的病，还要这样胡说八道，可是我也只好忍受。你一定在后悔既知今日，悔不当初，你可是错了。我老是想，这个可怕的病，是你传给我的。你的道理大概是这样吧：你来照拂照拂我，我就不对你说什么了，可是我再忍受不住了，我受够了。我痛苦，我伤心欲死。你把我弄成这样，你自己却快乐逍遥，花几个钱另外去给别的许多姑娘，就去叫她们受难，叫她们腐烂。那些姑娘一定会自杀的，就是我要没有想到家；我的妈妈死了以后，我要是再死，爸爸是太痛苦了。我真想不到七月十五那天，在那条讨厌的赛白斯波路，会遇到你这样的魔鬼。自从那时以来，我常常哭，可是哭也来不及了，我相信把这个病传染给我的是你，所以我这样对你说。从那时以来我天天烦苦，想想我自己，又想想被你害了的许多别的女子，我心里真是难受。别人知道了是你传给我的病，他们恨你比我恨得更厉害呢；可是我也不去听人家的话，我只独自闷苦。我不是心地肮脏的女子，所以要是我想干，我可以把别的许多男人都烂坏了的；但我却到医院里来医治。等我医好了病，我要做给你看，我是决不原谅你的呀！你把这种病传给了无罪的我，使我受这种苦，你是没有好处的；我从前没有受过这样的罪。现在我的喉头在发痛。我很明白，我虽这样说了，你听了依然不会有什么感想，反要笑我是傻鬼的，可是我还要尽量说个痛快。我要使你明白，一个人到了这个田地，心里是怎样感受的。有一次我去拾起落在地上的纱布时，你是脚都没有动一动吧；台子水瓶底下有一张膏药，你是拿来贴疮的吧；这种东西没有别的用处的。那种病就要用这种药，你要不用那些药，你的病会更坏的吧。你同女人一起时，你就发痛吧。那倒还不打紧，害了那种病，还要传给人，叫人也害上了；而且那人又去传染给别人，思想起来多丧天良；你见人家不害疮，你就不痛快吧。可是，沛尔，我希望你好好地调养调养吧，那就可以不传给别人；你要不早些调养，你就会坏起来弄得不可收拾，这对你是不行的呀。这是我对你的好心。你那个当医生的朋友，一定没有对你说真的话。你一定同我差不多情形，虽然并没更比我厉害些。

我希望你不要怪我，你相信我不是一个心地不良的女子，我的请求只有一件，那就是我不愿再跟你见面。你不是像你嘴里说得那么好听的朋友，你对我是一个路人；你好似我每天走过的街道一般。请你像我不忘记你一般地，不要忘记我吧。但是你不配有我这样的女人，我觉得我是巴黎最出色的女子，我永远是这样想的。我虽然心里很恨你，还是写这封回信给你，把我的意思告诉你，这也是一点儿人情吧。

心里憎恨使我腐烂的男子的

一个可怜的不幸的女子　佩德

约莫过了两星期的模样，那位医生断定沛尔已染上了梅毒。

六

佩德在医院里住了一个月半。

穆里司一天天地期待着她，好似人家期待日常的面包一般。每星期四、星期日就到医院去看望。佩德说：“医生说还要住一个月。”“我真等待得心焦了。”穆里司说。“可是总得医好的呀。”“嗯，随你的便吧。”他回答了。

在公寓的房间里，他一边喝着水一边等待。他吃了几次勃利契司；三法郎卖掉了一把伞，可以静静地等待两天了。接着，一个有五法郎的朋友，给他付了房租。有时跑到母亲那儿去吃一顿饭，钱却总是不肯给。“妈，我要饿死啦!”他这么一说，“做工去吧!”她就这么回答。佩德给了他几个十苏的银币，因为在医院里也用不到什么钱。还有几个女人，有的请他吃顿早点，有的给他一点儿香烟钱。但他也跟普通男子选女人一样，是选定了她的，那些女子中，可没有一个肯养他的——绝对的没有。一个男子如果想要女人，两三个女人是随便几时可以弄到手的。他一边儿咬着面包，一边儿含着指头老等。

每天午后，闲着在街头蹓步，有时天空发了黑，一种疲劳，又像一种瞢然的死似的东西，凝在他头上一动不动。如果跟朋友们一起去活动，也有许多工作可做，可是这对他，已好似遥远的过去，好似已是古昔的事了。他记起那时代的几个断片的回忆，佩德连连地打着种种色色的呵欠，在房间内拖着脚走，显得懒洋洋的神情；嘴里说：“啊，真气闷。”“你要气闷，我就把你打呵欠的嘴拉开来。”他回答了。在他，要整晚上没神没气地去熬夜，想起来也实在怕人；生活是变得神经的地方，这世界中不是正充满着活动吗！

不过现在他很好明白佩德那时候的心境了。假使仅仅是些儿的苦恼，那就是光照我们的，把我们从来未曾见过的许多不幸，像永远而最好的友人一般地表示给我们看的。他觉悟到幸福往往仅只一时，我们的心是暗森森的，常常动摇着的一座废墟。他失掉了自信心了。于是他写信给佩德："我爱你爱死了，我们这一次是第一次的分别，我觉得我们好似要永久分手了。”他是不知道诗的，当然没有诗意会涌上他的胸头。只是那些以前听到过的情歌，一一地回想了起来。最美最纯粹的，是最好的歌。他从没受过这样美感的侵袭。首先是拉克美的歌回到心头，停住在心的创痛之上。歌声好似叫唤，又好似叹息，又好似芳香的气息，从他的唇边出来：

我要看看你的微笑

在你的眼里，我要看看青空

有一天，穆里司老等着等得厌倦起来了。佩德住医院还不到十五天，好似已经过得非常久远了。穷呢，在开始的时候，还有朋友来照顾，也有些朋友给他钱的，不久，靴子也烂了，衣服也破了；硬面包的穷，变成了破褴褛的穷；这么一来，朋友们当然也不能常有接济的。在此以前，有时也想干点儿事。可是当扒儿手当当玩的时候固然有味，如果为需要所迫去当扒儿手，心里发急态度就不从容，成功往往是很困难的。这期间咬硬面包也咬得厌了，肚子里老是感觉到勃利契司的特别的重味，不良的食物和饥饿的压迫，身体中涨起了一股反抗的气流，闻到契司味儿就发呕。这么一来，一个性情高昂的人，当然是突出一对尖眼睛，向四边注望了。

于是，他去找他的朋友，可是那种心境，已不是以前每天下午，跟他们一起浑浑噩噩地游荡时那样的了。他们跑进酒馆子内部的小房间里，拳头托着下颏，一边喝红葡萄酒，一边低低地议论。他受了神经质的忧郁的袭击，因此，无论如何再也做不出平时那副坦然的态度。为着要战胜这种袭击，他必须来一次伟大的战斗；必须来一次大冒险；必须在一天之中，觉醒过去葡萄的全部精力，一时地完成日常活动的全部。为着要跟吃恋爱利息的人一样，为着要跟每天只是梦想着爱人归来重订新约的忧郁病的诗人一样，为着使袋子里有充分的钱可以优游等待，就必须来一次大大的活跃。

可是这事件很简单了当地解决了。事情发生在一家烟草店里，是路上断了行人，四周的沉默引起了人的勇气，好似要言不烦地帮助一般地，一个爽朗的朝晨三点钟的时候，他们屏住了气息，握紧了拳头悄悄儿地走着。终于他们三个人很顺利地跑到了有银箱的地方，打开箱门和抽屉，都不费甚大的苦劳。可是他们的运气不好，穆里司本来就担过心的，原来银箱只有十六个法郎；连着的一只银箱里，也只有十六个法郎。于是他们就顺手牵羊，捞了一些邮票、印花、雪茄、香烟、烟丝，装满了所有的口袋，最后又拿了手帕来包。等他们走到外边，街上还没有行人。

他们三个头上顶着一片天，心里压着一块大石头，互相分了手。

两天过去了，可是他们不能把许多邮票卖掉。烟当然更不能换钱；把偷来的东西出卖，实在跟偷东西时一样的危险。对于一个与盗贼正面着的人，当神经兴奋的时候，是每天战战兢兢的。穆里司把邮票装满了一口袋，把一个烟包子放在怀中，在街头蹀步，他每天去找朋友换钱。这是第三天的早上，他走过奥洛琪河岸街，街角上忽然跑出两个人来。这两个人他前一天也碰到过了，他们的阔肩膀和口角他还记着。回眼一瞥，两个人从他后边盯了上来。他听两人的皮鞋声，好似长靴声一般。好似一个大拳头，又好似一个警察一般地压上心头来。他想走得快点儿，又想故意地装得镇定一点儿。于是一切跟预想一般，两只大手掌把他抓住，两个肩头压了过来，一股说不出的蛮劲儿。两个声音，这是叫你不必回答的：

“喂，去！”

他满口袋装的有邮票，怀里还藏着烟包。

这一切，是佩德礼拜四在普洛加医院的接见室里，听妹妹布兰雪说的。布兰雪是从查禄那儿听来的；查禄是听大胖子裘尔说的。而且从监狱的厚墙中，还听到穆里司害了梅毒性下疳。布兰雪气呼呼地说着，好似报纸登了重要新闻，带来了新奇的消息，现出很得意的样子。话一说完，在接见室四壁内飘荡着的医院的暗沉沉的空气中，落来了深深的沉默，她身边虽然有病人们在动，佩德却深深地感到自己的孤独。暗云落到头上，在眼上障碍上一层网膜；医院变得更阴森了。向人挑战，使人受伤的人生，也比前觉得更可怕了。佩德感到自己从来太把人生看得轻易了。

布兰雪又开口说了：

“让他去，有什么打紧，你吃了他的苦，也吃得不少了。”

以后，佩德就天天打算着今后的生活方针。穆里司的习气，已经浸透在她的身体中，融在她的血液中，变成肉，变成思想了。当然，她是佩德，这可没有差，可是好比埃及的土地被尼罗河的泛滥所浸润的一般，她是四年以来，被一个男子所浸润的女子。她怕了。他在佩德十七岁的时候，携了她的手跑到世面上来；而且对她说：“好，你走这条路吧。”他守望着佩德，看她走她的路。每逢星期四、星期日，他就来看她，所以她虽然在医院里，过的还是穆里司的日子。她一刻也忘不了他，她知道自己从此以后，要不与穆里司见面，是万万做不到的。巴黎，医院，现在，未来，纷乱的感情，在她的周围，滚滚地旋转。

亲爱的人儿呀，自从去了你

啊啊，就失却了世界的一切

以后每天每天地，佩德努力计划更变自己的生活。她不问对谁，妹子布兰雪也罢，叫亚代儿的一位友人也好，商量起改变生活的计划来。因为俗语说得好，一个女人总是成不了大事的；她从回忆之中，搜寻自己发生过关系的许多男子，她想起了沛尔来。她曾经给沛尔写去了一封很凶恶的骂信，后来他又来了一封回信，他赌咒说他是没有罪的。佩德是喜欢听人赌咒的，他赌的又是“母亲的头”，这当然是真话。她又想想别的男子，在她的脑海中摇动这种回想，她努力想象那些男子的声调，努力使自己发生一点儿希望，可是一切都不能打消她的穆里司的假想。纵使有一位神明挡住她的门口，把她当作朋友，把她导进到宏大的荣光中，使她富裕，而她也爱了这神明的话，她也是绝不能，绝不能忘记那个比神明更大的男子——当她还是她自己，当她还是处女时，已经是她的丈夫的男子。他的血肉已在她的血肉中，比一切感情，比一切欲望更深刻地雕镌着了。她并不知一个坐牢的人要受世人怎样的批评，但对于他过去的一切恶业，给她一种对未来的不安；而且她深深地感到，过去一切的破绽，追起根源来，是大家都要负责任的。她相信是她运气不好，她病了；而穆里司也同样地因为运气不好，不得不远远地离开了她度几年的岁月。

这样一想，她觉得自己一生已是完了，她一天天地把自己的胡思乱想，拉来拉去地乱拉，而且尽力地想在什么地方，找出可以一把握在手掌中的小小的幸福。凡是人可以站立的地方，她都试着去站立了。可是她最终还是找不到一块称心的地方。

七

某日的傍晚，佩德出了医院。任是夏的傍晚或秋的傍晚……总之好岁月已经不在这世界上了。这一天的傍晚，佩德的衣袋里，是一个苏也没有。她好像为了找五个法郎似的去找沛尔。沛尔正在自己的屋子里拼着命用功，好似一个立候成功的罗兰人一般，可是他发生不出兴味来；一个孤独的青年的用功，往往不是发于真情的。他忘却了骂詈，回了佩德的信，于是又从她那儿来了回音，说是我就相信你的话吧。

她的来访，是很突然的。在两人之间，有一层什么的隔阂，大家都有些觉得；可是一定得把它克服，人当贫穷的时候，名誉心之类的东西，是不能不遏制的。而且在两人之间，还有一种隔阂男女间的东西；她想到她是一个苏也没有；他呢，也在心里打算，她来了，又得花五个法郎了。

人首先是为着求生，然后才产生感情。她出了沛尔的屋子，跑到只有一面之识的穆里司的母亲家去探听他的近况，已是第二天早上的事了。

大概是十点钟的时候，她走到了泼莱山思区的小店子里。

母亲一见她，就喊了起来：

“啊，你倒来了，你！”

这么说着，把她带进到店后的房间里，她还没有坐下身子，母亲又开始喊了：

“我那孩子，干出这种事来，都是你的缘故，我都知道。你把那种肮脏的病传给了我的儿子，我很明白。这会儿你又是从哪儿出来的？像你这种女子，真是讨人厌的东西。”

她唠唠叨叨地啰唆了一大顿，店后房内的油漆家具，把她的话声反弹了过来，好似为责难孩子的放荡的母亲的话中，平添了许多力量。

她做出一副正经妇人的侮蔑的脸色，可是却很委婉地很切当地说了；说到最后，就说儿子还没有忘却佩德，叫佩德也不要忘了儿子，不时送五个法郎去。

这期间，佩德低着头，红着脸，两眼凝视着手指尖，脑海里千思万想地耳听着老婆子的话。她不知要怎样才好。她的温柔的可怜的灵魂被压缩了，而且深深地感到自己有罪。她是那么善良的一个女子，纵令别人毒害了她，她还是不知不觉的。

她又跑到妹子布兰雪的家去。

无论从哪方面怎样地看，布兰雪总不会叫人相信是佩德的妹子。她是十七岁的姑娘，玫瑰色的皮肤，棕色的头发。可是她的皮色虽然这么紧张而青年，而她的衣服，她的身段，离开了青春的感觉，都是异常遥远的。而且她是标准的“荡女”型，做出一副在街头引起吃女人者注意的容态。短短的前刘海，两鬓的长发缠绕在头上。这是街头卖淫女的风气，做生意的女人，老是以此自夸的。她老是不戴帽子，两手插在前挂子的口袋里，突着肚子拖着脚走路，好似曳着一双破皮鞋一般。自从知道一百苏一百苏地偷店主人的钱的幼年时代，以及在公寓的屋子里，把自己的贞操，破坏在吃女人者的手中，她的肉体及精神的习性，终于使她选定了这样的职业。她坦然地接受了这个职业，毫不疚心地过着活。从她出生以来，她就全备了卖淫妇的典型和兴味。恰如缪塞有一个青年诗人的天才一般，她也有着一个青年娼妇的天才。她是命定的梅毒质的身体，毫无什么的反悔。她的脑袋上虱子做满了窝，她是从没有想把它清理一下的。她的裙子在周围放散出一股罪恶与污垢的气味，吸引男子们。她很快乐地、毫无反省地过日子，金钱既然是这世界上的敌人，就不能使她有善与正直的观念。只要口袋里装满钱的时候，那就跟达到目的的成功者一般，感到很幸福了。

她从歌德街的许多吃女人者中间，选择最合自己心意——毫不能受任何掣肘的、适合怪僻的她的心意的男子，放在自己的身边。而且她觉得讨厌起来的时候，她就很爽利地把他丢掉，照自己心意的进化，另外去找别的男子。她是自己身子的主人，她是自己的政府，而且口袋里常常藏着短刀，以备不时的需要，保卫自己的身体。她知道自己一无可畏，所以她有勇气；她好似那些一旦有了武器就不知恐怖的旅行者一般，很泰然地抚弄抚弄自己的短刀子。

佩德把刚才的事一一地告诉了妹子。

于是，布兰雪就说：

“啊，这些话你也回答不了吗，要是碰到我，我就痛痛快快地剥她一顿。要是我，我就说：‘你这个老婆子，你倒说得好！什么人养活了他的，不是我吗？你该谢谢我才好啦。我是一个浑蛋，我是要算账的，这可不行呀。他是连一条短裤子，自己都买不起的。他要是现在就回来，我就叫你看看，叫那不要脸的好看！’”

“你说是说得不错，可是我，我可没有这种力量。”

自从出了医院，佩德就跟布兰雪一起过活。所以跟妹子住在一起者，是因为家庭的观念，对于一个人，毕竟比什么观念都要强些。无论如何，姊妹毕竟还是姊妹……于是使佩德得以安身的，毕竟还是比较有力而且多少给佩德一些帮助的布兰雪的家。布兰雪是这么的一个什么事都不挂在心上的人，照例地还是上街头去兜她的买卖；迷了路的佩德，除了跟在妹子的身后，再也没有别的方法。她想想过去的生活，开始还觉得莫名的凄苦；她那简单的灵魂中，还是想着“我爱穆里司爱得快要死了”。她以为穆里司是一个好汉。她怀着不安地望着四周，好似看见一个朋友忽然改了服装时的一般。她跟布兰雪一起过活，布兰雪安慰佩德的心境，说“姊姊的心境是难怪的”。可是她却没有余裕思考自己是否难怪，只是无论谁，无论处身在怎样的境地，总是想找求自己的安乐的；因为安乐乃是自己身子的一部分。

晚上九十点钟的时候，她俩就上赛白斯波路去。夏德莱广场把它的人行道和两旁的灯火的行列，很宽阔地展开在她俩的眼前。街头一带，好似她们营业用的工具；她们知道怎样去操纵的方法。她们的身体在营业上伤残了，她们却还能无休无息地使用着。连街道的弯角，都好似娓娓话旧似的对她们说话。每走一步，他们的目的就跟着她俩并肩走来。也不笑一笑，也没动一动心，恰如一个商人做买卖，她们随着目的物的引导走去。布兰雪是老做买卖了，她取的是直接交涉政策；佩德比较嫩气点儿，她只会斜斜媚眼。冒冒失失的青年们，俨然地装出一个五法郎银币似的；说话声浪清澈的四十左右的男子们，还有些醉鬼，已经不会做价钱，只想睡倒在爱的怀头，无论怎样的女人都好；这一切，搅成一团发生吵闹的喧声……还有些张开了黑大口吃女人的男子们，哗啦哗啦地嚷着，做出种种的把势，发出鸟儿拍翅的声音来，跻身在女子们身边来来去去地过往。那些女子好似望陌路人似的望着这些男人，轻轻地摇着肩头走路；可是那种样子，恰似男的出了神，跟她并在一起，自己虽然不动手，却希望对手先来开口。布兰雪不戴帽子，好似提着大筐子的洗衣女般跨着大步走；佩德是一副做纸花女工的脸色，小步伶仃地走。卖淫妇们接连地走过。有的还孩子般地笑嘻嘻的，张着一对晶灵灵的眼，可是还没有抓住时机的好手腕，常常让很好的主顾失之交臂；有的女子并不在赛白斯波路停站，浆洗的下衣动得呼豁呼豁地作声，勾起男子们的欲念；有的女子站街已站了几年，什么味儿都尝过，什么事情都识透了；还有些年龄大的女人，拖着母牛一样的粗重的腿，站在街角子上，遇到走过的人，就很大胆地一一去拉；如果她们不这么干，她们每天的面包就得成问题。四周的灯火，帮助行人们查看街头的脸色。咖啡店的露天座子，是打猎的猎场。女子们把眼光向座子当中投下去，再回头来望望，可有谁来接受这个投下的种子。

不一会儿，布兰雪就跟姊姊分开了，从中央市场走向蒙玛妥街一方面去；她是喜欢独自一个儿做买卖的。要认真地工作，就跟一心一志想立身处世的人一样，为着集中全部的力量，是需要着孤独的。你要她跟上前来，你只要斜一斜眼睛就得了；她跟潜藏在我们心坎中的欲念一般，立刻就跟过来，做出一副媚态，很得意地站在你的眼面前。她抱的是薄利多卖主义。在报馆街与酒馆街，四周比较的暗，男人们就容易上手。她做完一笔买卖，就花十五个生丁喝一杯咖啡喝一杯葡萄酒，壮壮自己的神，然后再去找第二笔买卖。于是直到早上的四点钟止，就装着满口袋的钱，得意扬扬地回到蒙尔琪街的寓所里。

佩德一边心头起伏着感情的波浪，一边在赛白斯波路和大林荫路间踽踽地走着。从黑色的束发带和白色的脸，到摆动在裙子中的两条腿为止，她那走路的姿势，颇有些上流妇人的高贵的气概，使人感到充满着爱情和温柔的，她的可怜的少女般的心。来上钩的鱼儿很是不少。青年们想："这样的乐趣，是永不会餍足的，加之这女子好似很识得别人的心思。"有一个说："好姑娘，我跟你上来了，你的脚走得好快呀!”有时她这么回答：“啊哟，我的脚步走得很小，所以走得快一点儿，我自己可不曾留意到呢。”有时男的走上前来跟她并了肩。但她虽是这样的女子，因为那跟上来的人有一点儿慌张模样，一句话也说不上来，于是，她就对男的一笑，恰如烦恼把你吸引住了一般你会被她吸住。她在青年男子们的许多感情的波浪中滔滔着走去；因为在这儿的地上，有着很多的恋欲，恋欲在流漾着。好似一位天真而和善的女人吸引住孩子，恋欲是吸引住我们的。

她害了梅毒。这时候，她的口中满是毒菌；她的接吻全是带梅毒性的。但是上钩的鱼儿很多，在医院里的时候，她是这样想的：“以后我要怎样才好呢，我不愿把这种病传染给别人。”她出院了，她这样想：“叫客人不要……”可是，不一会儿，她不得不吃饭。对于他人的同情，是与每天的生活势不两立的。跑路跑久了，街上的石块变得硬起来，街道石向她的两脚压上来，于是她就想：“我自己也是人家那儿传染来的呀。”

上帝呀，这是难怪的，她是一个全赖徘徊街头挣得自己生活的女子，不是这么办，她还有什么方法可以容易地活下去呢？男的站下来向她兜搭了。上帝，你既然造了女人给我们作乐，我们还有什么话说呢？而且这女人，就是佩德，我们不必细说，你也就明白了。什么也不管，不过是一只饿虎，老虎饿肚子或羊饿肚子，是同样的事。你把食物给了我们了。我以为老虎是善良的，因为老虎也爱它的雌，爱它的孩子，而且也爱生活。可是，上帝呀，羊的饥饿既那么的温柔，为什么老虎的饥饿却要非血不饱呢。

有些不识不知的年龄不大的青年，捧了全部的心和全部的金钱去求爱；有些二十五六的青年，渴望女人，追求女子，好容易找到了女子而微笑了；更有些已婚的男子，心里在想："这个花老倒难得碰到；去把那边的一个女子碰一碰看，也算是逢场作戏吧！"还有些为着摄生来找女人的四十前后的男子——总之是各式各种委身于其命运的行人们，什么都有。

有一个四十左右的人，因为买卖上的事件，从蒲泰纽到巴黎来预备住一星期的；这人到巴黎的第一天晚上，就碰到了佩德。从此他每晚上请佩德吃夜饭，然后带她到咖啡馆里；有时候也带进夜餐馆去。这样地他就识得了在年轻时代因为没有钱而不曾识得的巴黎生活；而且不多几天，就回到心地纯洁、唇儿润湿的蒲泰纽妻子那儿去了。

又有一个时候，有一个年约三十五岁的男子，跟她搅在一起。这男子在来这儿玩儿以前，颇费了一番踌躇。他们俩在圣苏佛街的公寓里过了一夜，他给了佩德十五个法郎。他叫她在临睡以前，把额上的束发带束得紧一点儿，于是就同她并躺在一起，在她的眼皮上亲吻了。他说："这样子，你就很像我那个从前相好现在已分了手的女子。"此外，他就什么也没有做，只靠在枕上把手托着下颏。她睡着了，他就整晚上把手放在她额上的束发带上——像这样抱着得救的好心的人也有。

照平常佩德总在早上三点钟左右回家来，可是近来在街头上徘徊着，有时胡乱弄到了四十个苏，感情上就发生了倦怠。

布兰雪常常在中央市场的近处，找到几个一个钟头的"好人儿"。这些人大半是无家的流浪人，或是在等时候做夜半工作的朋友。佩德把男的带到家里，就同佩德三个人睡在一张床上。布兰雪是最会吃醋的，她怕男的不规矩，自己总是睡在中间。在这种晚上三个人就腌粘粘地贴在一起；一到天亮，一男二女的浊气就渐渐浓厚，直挨到中午时候，才摇着身子跳出床来。布兰雪要是上街头去弄食物，男的跟佩德只剩了两人，就向她要求。佩德是那么的美，叫男的忍受不了；她虽然抵抗了，结果也终于顺从；大家都有些胆怕，可是却特别的好玩。

总之，佩德是一个妓女，她那职业，是不需要早出的；好似一个离任所很远的官吏，她服役的时间和地点，还隔得很遥远。你可曾知道做人至少得抽吸一二口的罪恶的气味？靠女子吃饭的男子的硬拳头，把姑娘们锻成了，是依照上帝所赐的欲念，在她们的白肌肤上留下了他们的印子的。她们都活着，佩德、布兰雪以及其他的女子，她们挤在一起，形成一大群。一个站在一个的旁边，恰如一个模范又如一个教训。卖淫妇有她们独特的环境；在这儿第一令人感到生存的自由，可是不一会儿，就整天地散发着一种特殊的气味，好似有整几千的性，沉淀住而凝固了的一样。而且病毒也跟着贪婪的接吻一起，散入于她们的裙子之中。在她们的世界中，有街道，有旅馆的房间，有货币，有卖肉体同时也卖灵魂的买卖。在世界上有人所追求的幸福；所谓娼妇的幸福，颇似强力地以两腭咬嚼人生的都会的嘴。人们都需要着那种幸福，好似能把愤恐压碎的，用两拳抓住我们的幸福。在世界上，有人所追求的恋爱；行人们的爱，看着好似要走进来，结果却连脚迹也不留下地跑得无影无踪的。可是在女子的心中，却有完全不相同的爱；这是把女子抓住，扭弯，而且按倒在地上的爱。穆里司就曾经是这样的。

佩德就这么地在恋爱之中找求着幸福。开始她跟开脚踏车行的勃朗丹结识了。开脚踏车行的勃朗丹是一个结实的胖大个子，红皮肤，粗壮的手和粗壮的腿，只要一眼看来，就好似会压到我们胸口上来的，他就这么沉重地走着路。他干一种很神妙的脚踏车买卖，而且也辖过两三次汽车。有时候他像一个熟练的技师，显出严正的模样，好似比普通买卖人都良善似的。他还带了佩德往乡下去玩，这一点也跟普通的男人不同。有时候他口袋中装满了钱，有时候，就如佩德所说“得人家来帮帮忙”。他那乱暴粗鲁的爱，有时很肯挥霍，又有些时候，为了自己所爱的女人却只肯出四十个苏。女的谁都喜欢他，因为他一把抱来非常地有力，几乎抱得骨头都咯咯作响。他不喜欢人家说他不合调，什么事都做一个彻底，所以无论是哪个女子总把一切都奉献给他的。

她有一天晚上回家的路中，认识了蒙尔琪的亚契克。他是脸色青苍的瘦男子，突着嘴紧张着心站在街角子上。当他走近身边来的时候，佩德感到了没有什么言说的必要，而且一个男子只要他眼里看穿了人世，那他要做什么就可以做什么的。

有一天的午后，她又在一家酒排间里认识了拉吉尔。他是一个跛子，看来真是个靠女人过活的残疾人。五加三等于八，可是跛子这东西，却是个奇妙的怪物；这个爱却只是一时的游戏。

她结识了各色各样的男子，也有蒙尔琪的青年人，也有蒙派乃思的，也有拉丁区的，知道了人迹喧杂的午后的恋和疾步归途中的夜半的恋；她还知道在赛白斯波路有两个客人正在等候着的、疾风迅雷式的恋。她从这家酒排又跑到那家，人家给她什么，她就喝什么，照人家要妓女笑一般地笑着。她们是一群移动着的幸福。她又好像一只母狗——当许多发兴的公狗，挂起了前脚，张开了大口，从四周围攻过来时的母狗。她懂得这类恋的一切；她好似一块孱弱的肉，既无弹力，又不紧张，也没有自己可以自由的财产，只能依照别人的欲望去做，在街头上徘徊来去。她又好似一只钱囊望空中一丢，就有无穷无尽的罪恶和金钱，连续不断地倒出来。

她又认识了基基。基基是一个十七岁的孩子，头发缩在一起，尖着喉咙，好似在路上盯在行人脚后边的小瘪三。他做一种颇类水果贩子的买卖，好似一边做买卖，一边故意把秤码弄歪了，一边还要当心扒手，谁都知道的一般，他也对于自己所住的这条街，知道得最明白。没有人当他是一个正当的人，于是他就露出了牙齿，抓着两手的指爪，在街头上叫嚣着，对所有的人怄气。他特别顽固地，要人家去承认他的身价。有一次，他在路上遇到一个带孩子的女仆，那孩子正拿着一条鞭子。

“把鞭子给我，我会叫它响给你听。”他这么说着，就拿过了鞭子。

基基把鞭子挥得呼呼地作响，大概有五分钟之久；这期间女仆说要走了，把鞭子还来吧。

“对不起……”基基说。

那女的扑过身来夺鞭子，基基退后了一步说：

“你来，你来。”他一边说，一边就在她脸面前把鞭子挥动。

孩子哭了起来，基基一边挥着鞭，一边跑走了，还不时地回头来向他们做一个鬼脸。跑得远了回头已不见两人，他就觉得这鞭子没有用处，于是就把它丢弃在一道篱笆后边。

他是顽皮孩子，是对于少女们很可怕的小瘪三头儿中的一个，如果跟他谈谈，那是一定很有趣的。佩德跟他随便闲谈谈，就和他发生了关系。不过，这是不大光荣的，一个有点儿自尊心的女子，拣起男子来总得拣个中用的家伙。

佩德还时常遇到大胖子裘尔，起先他每次遇见她就把她留住，像对付一个友人之妻地随便谈谈；而且拉了她叫她“太太”。但自从知道了她的行径，他就不再跟佩德讲话，遇见的时候，也就把头扭开，以一个武装的兵士，望破坏纪律者一样的眼光，望着她走过。

八

佩德除了这些日子之外，还有完全不同的时候，那便是她去见沛尔·亚尔蒂的日子。他说：

“你真是麻烦我，我跟你见到是很偶然的。我们都是二十几岁的青年人，我也是一个男子汉，心里常常发闷。二十几岁正是谈恋爱的时代，但是说到恋爱，就是钱的问题。我要一点儿一点儿地节省下来，才能得到一点点儿的恋爱。这期间还没多久，就害上了这样的病；可是这也不是你的过失，也不是我的过失。我们这些穷人，正住在这个大家非受苦不成的世界中。我要从我所知道的女子中选挑一个妻子，可是我没有钱，我又不是一个美男子。你也明知，就是同你，也不过是偶然碰到的。你呢有你的苦楚，你很受了些苦，这个我也明白。在街头上遇到的人，无论哪个，你都会把手臂伸过去的，只看这点也就明白了。有时候我也曾经想，你的生活如果由我经常来维持，我就会觉得安慰些。我不是个学者，所以起先我有点儿厌弃你；可是有一天，我的朋友对我谈起，我把这话给你说吧。照那位朋友的话，我明白了这个世界是坏的，我们要怨尤也是当然的。你虽然连累了我，可是现在为了大家害上了这病，我们就非在一块儿不可了，你是唯一的我可接触的女性，如果我去接触另一个女子，我的病毒就会传染给别人。”

佩德回答了：

“啊哟，你说什么话，我们大家是做买卖呀。”

他们两人一起跑到每道菜二十五个苏的食堂里吃饭。是楼底下的食堂，披白台毯的桌子，每桌可以坐六个人；桌上满放着玻璃杯、水瓶、酱油瓶之类，看去很像富翁的宴席；好似满放鹿肉、火腿、烧羊肉、炒鸡蛋、朱古力浮岛之类的菜肴。有些戴着缎帽很昂然而且很有礼地进来，一言不发地用餐的人，他们大都坐在屋角里，很有些像市政府的办事员。大家在这儿吃着虚荣心所发明的，专门替穷人制造疾病的种种菜肴。叫菜恰似发号施令的一般，说话却都是悄悄儿的；因为有身价的人，是不吵闹的。佩德见了这情形，心中非常叹服，她说“这地方很不坏”，原来她是工场街小饭店里的老主顾。

吃完了饭，他们就到附近的咖啡馆去喝咖啡。时间正恰好。他们两个坐在屋角的桌子边，两肘靠在桌沿上，离开了那些闹哄哄的闲人，娓娓地谈心。在罪恶中漂泊无定的佩德，手托着头，靠在屋角的桌边上。从她的心坎深处，烧燃起哀愁的、低低的一朵小小的火焰。沛尔默然地凝望着她，一想到自己的身边坐着一个女子，他就感到好似看见一点儿爱——一点儿向上燃耀的摇摇欲灭的微火。两人谈得很投机，因为这正是她所期望的。在我们的灵魂中，常常有着善良的一隅，从我们还不知道人世罪恶的时代以来，这地方就永不变动地充满着纯粹的感情；有时候，许多声音投落到这个地方，它就像孤儿一般地哭泣起来。一个无依无靠的女子，抱着一颗善于动摇的心，时常在旅途中找求着安慰，感到需要母亲，一会儿又需要丈夫，她也就与这同样地需要着这个。她心里想这样地说："我就是这样的一个女子，你就仔细看个明白吧，你到底觉得我怎样呢，请你说给我听听。"在他们两人之间，绝对没有所谓爱，可是有一种超于爱的东西，这便是信赖与善良。

她对沛尔谈起了穆里司，什么话都说了。她有穆里司这个爱人，他是个坏蛋；他又常常恶辣地打她。"我不知道自己爱不爱他，我简直没有工夫去想这个问题，他常常打我。"

他是个疯子，有一晚上他打了佩德。那时候他觉得想把佩德弄死。好容易他把枕头提了起来，他就把枕头望佩德头上打下去，用尽了力打，又捏紧了拳打她，把她的脸打成青肿。可是，现在他坐在牢里了。

沛尔在眼面前想象着这个情景，二十岁的他，看见了这世界上的一切。他好像亚当看见世界上发生罪恶时一般，默然地低垂了脑袋。上帝呀，这世上有着无数的罪恶。在这世上，还住着你所看见的你的女儿们。你创造了她们，又好似把她们当作美味的果物一般，放在饥饿的我们之旁。她们是这样的娇美，使我们连手都不敢触一触。上帝呀上帝，在你的眼光底下，上帝呀，还有着肩铁十字架的女子们，还有着佩德；在她的肩头上，背负着一个男子。他张爪子抓住了她，陷进在她的肉内，连逃也逃不了的。他强迫她走，把所有的重量都压在她身上，为着使她疲劳得像一匹力尽的畜生，为着使她不能听到你的福音，为着使她不能看见你的圣容，把她尽力地按倒在地上。

沛尔望着佩德，他什么话也没有说，只是为了使自己的哀怜，传达到她的心中——就这样地——为了多少给她一点儿善良的感觉，他就拿了她的手紧紧地握在自己的手指中间。不一会儿，他带佩德到自己的家里去；在路上，他依然握住了她的手，为了不使旁的人来触碰她，他把身子依在她身上，为了使女的感到自己是这样的一个人，他又添了一句话：

“哎，你是我的朋友，好朋友呀。”

有时候，他们俩同路易皮生一起在咖啡馆里闲谈，他就坐在佩德的对面，三个人都一样地手托着头喝咖啡，看来正像三个好朋友在一块儿谈心。一个是可怜的孩子，他不知道怎样能对你们做一些好事。可是，你只要瞧着瞧着，他就多少带一点儿光明给你们；因为他们自己也正是渴望着光明的。另外的一个，是很懂得你们的不幸的；当他用他的指尖触到你的不幸的时候，你就会感到他的电气一般的柔和的指尖，正怀着好意在那儿探索。要医治创口，就得先把它探索明白的。

就在这时候，路易皮生对沛尔讲了下面所记的话：

“我正读了《圣经》，有一天晚上，基督和他的门徒走到橄榄山上；这是跟巴黎一样的夜晚。我们知道在巴黎，快乐就是罪恶；因为爱是不能放在快乐之上的。耶稣俯视着耶路撒冷城，在这城里，娼妇和欢乐，正扰攘得像一大队杀人的恶丘八，为了忘掉自己的罪而哄乱的一般。基督想起了这世界上是以金钱充满着的，而且僧侣和兵士们，正在满地地散布着憎恨与罪恶。于是他就登上橄榄山顶，对门徒们说：‘我就是爱，让我们在这上边来冥想吧，在我临死的前夜，我们大家来谈谈吧。让我们来祈祷他，他是在你们的路上引导我的人；让我永远跟你们在一起。明天，待我在十字架上吊死了的时候，你们就到遍天底下去，而且要叫喊：爱出生了，我们是来报告的。’他就离开众人，祷告了许多时候。以后，基督又想同众人谈话，于是他回过头来看，他看见大家都已经睡着了。彼得、约翰、犹大、汤姆以及别的众人，好似除了睡觉以外就无所事事地睡熟了。这时候，基督觉得大地的黑暗包住了自己的身体，覆盖在自己的上边。于是他祷告了：‘为了使这个世界觉醒，多年以来我散布了灵魂，但是父呀，饶恕我吧，一切都完全失败了。连这些门徒们，在今日父给我的这世上的最后的一天，都这么地睡着了。照神所吩咐的话，最善的人，却因此而死，善人既然是太懦弱了，那么为什么，父呀，你要把我送到这世界上来呢。在这个世界，没有充分的人类的热情。我传布了火一般的爱；而现在我的可怜的爱，正快要死了。’

“那时候，我就想起了佩德。喂，当我想象基督在橄榄山的时候，我就想起了佩德来，基督在他最后的一天，忧伤得几乎哭出来了。但是上帝的吩咐并没有死，睡眠着的人，也依然在遵守着这个。肉体虽然懦弱，精神却是坚强的。他们拯救了许多灵魂，像亚叙的法兰西斯圣人、范山保尔圣人那样的人。而且沛尔，一个娼女看见了我们，我们一定要告诉她现在的生活是不好的。在我们的灵魂中，已多少有了一点儿善，对于这女子我们也必须教她善，教她爱善。我们能不能救她，那我们是不知道的，我只知道上帝的吩咐是无限的。就使我们在半途失败了，也可以多少在她的灵魂中注入一点儿光明，也许可以使她走到得救的门口，这样想时，心里就觉得安慰了。”

接着，他坐到佩德的身边来，他就这样问了：

“哎，你为什么还要干现在这种买卖呢?”

她是一切都明白的，但她好似不能说得出口的孩子一样，只是茫然地笑笑。她一刹间地把眼低下，在脸上浮出了微笑，可是终于是一句话也没有回答。假使问她这话的是换了别人，也许她会那么地说：“呵，呵，这种讲道可谢谢吧。”对于贫穷有兴味的人，总先想利用贫穷，而不想减轻贫穷的，所以她只要说这样的话，也是难怪的。

可是沛尔还依然瞪着眼望她的脸，那模样好似在说：“喂，你想想吧，你一定会明白，我是以我所有的一切，来向你忠告的呀。”他所有的一切，正在他脸面的四周，像一只熔炉似的放射着美丽的光，感受到了传过来的热一般，映出一条条的光纹。

现在，她开口了：

“你好似以为一个人想怎么办就可以怎么办的。”

他们就问她种种的事。问她在纸花工场时挣多少钱，她说每星期二十五个法郎，生活很足够了；五法郎借一间小小的房间，夜饭自己在家里做，女人跟男子不同，这种事自己很可以办得了的。

“那么，为什么还要干现在的买卖呢?”两人又问了。

于是她举出种种理由。穆里司如果经济宽裕，她就可以做纸花店的专卖人，雇两个助手，一天花二十苏或二十五苏，就可以得到三倍以上的收入。从这话开了头，她又讲了别的许多话。她认识了一位绅士，那人要带她到俄罗斯去。她还认识一个青年，那人教她跳舞，如果好好利用他，说不定可以学会《卡德里》，到慕兰路琪去当舞女。她还计划过到咖啡店的舞台去上台，能够上台就可以穿上淡蓝的套衣，把头颈和肩头都露出来跳舞；穆里司还说过买一架照相机来，大家到巴黎野外去玩；又说，她更喜欢当纸烟店的店员，嘴里说着“啊，是龙德莱牌吗，是了”，脸上轻轻地笑。

她谈了许多跟一个贫穷少女在街头过活的很相配的话。她们的想象，在向前向前地跑着。如果一切的事都能照这样地收到效果，所计划的一切都能成功的话，那么，天下真正是太平无事了。男子们一边心里这么地想着——“如意算盘打得真好啦”，一边听着她们的话。一个人要是明白了世情，那么在劳苦之中听了小孩子的话，也会感得心平气和的。

于是路易皮生说了：

“哎，你心里有不快的时候，就跑到我们这儿来吧。让我们来听你的话，也许可以使你得到些安慰。”

现在，他得去干活了，就跟两人分了手走了；于是沛尔说了：“哎，你来吧，你心里不快的时候，你就来吧。如果你说：‘这世界真厌死人了!’那我就会望着你的眼回答你：‘有些时候，我也曾觉得我的心会扯破了。’哎，你得知道，一男一女能够在一块儿受苦，这也是幸福的事呀。我只是独自一人，可是只要有一个朋友来，我心里就觉得我不是孤独的。如果饭还没吃过，就大家一起去吃夜饭；吃过饭大家仍在一起，你一定会变得像我的一颗小小的心一般呢。我需要你，可是你用不到畏怕的；虽然一个女人老是在想象别人要怎样去害她。”

他口里这样说，心底里却在想：“跟女人在一块儿，真是幸福的事。”

她不时地来，在起先的时候，她虽来了心里总有点儿怯生生的，好似蚂蚁轻轻地触她的脚一般，她以很谨慎的态度，轻轻地叩门。

“又来看你了。恰巧走到附近来，就想着来看看你。”

起先她来时总在夜饭以前，饥饿是会使狼都跑出森林来的。

到了饭馆里，她还是满口道着歉。

“真对不起，又累你破钞了。”人心中总是有许多怯生生的地方；连一个浮嚣的卖淫妇，一到男人中间也就变得局促不安了。

不久之间，她又说起这样的话来了：

“我又来望你了，不打扰你吧。”

她一次又一次地到来，她在下裙之中藏着欢乐的剩余，身上带着吃女人者的兽性，心中感到悲哀的时候，她就来了。她像一个永不会消失的绝望，在脑海中摇动着自己的痛苦，遇到有病的时候，她就来了。当她愉快的时候，她是决不来的；因为在那时候，有把女人们的心搅成疯狂的街道，有充溢着欢乐的情夫，还有无论到哪个柜头上都可以随手挥霍的卖淫妇的钱。特别是在沛尔领薪水这天的晚上，她就抱着做一笔买卖，挣一点儿面包的欲望跑来了。

“近来病好些吗?”

“你看。”

她说着，就张开了嘴给他看，两腭和舌叶上一片地延开了病毒。她就这么每夜每夜地，跟交接到的男子接吻，把唾涎当作快乐送到男子的口中去……她的嗓子坏了，她的声音好似喉头含着什么的发着嗄声。她身体上的骨节又发痛；又像一所藏苦痛的仓库，痛楚好似从身体的底部向上涌来。到了这田地，她还没有服用水银剂；因为她听人说，喝了水银剂，病就要发出身外边来的。

有一天晚上，她一整天没吃东西，又跑了来了。可是从外表上一点儿也看不出她的情形来；不幸是做着跟世上的人同样脸色的。起初她为一种自尊心竭力装作镇定，在饭馆子里也依然不多吃什么。她想：“莫叫他太花费了。”可是吃完了饭，头脑跟身体都感得软洋洋地忍受不住。“啊，我肚子痛，也许是白天没吃东西的缘故。”终于她告白了。

“听了你这话，我心里真是难受。你明知道我还可以过得日子，而且就在你的近边；你有困难，就到我这儿来得啦，以后你就来吧。对一个不幸的女子能够有所帮助，我是非常愿意的。世间不是有句话说，痛苦的人应该去安慰他吗。你没有东西吃的时候，你就想起我来得啦；你不消对我说什么，你只要来，我就明白了。”

她笑着回答了：

“没什么呀，今天我起来已经三点钟了，肚子又不觉得怎样的饿。”

有一晚上，那是十二月里的事。凶暴的冬装着一副主人的脸容，带着冰和寒风，一边践踏着人类的感情，一边在街上走着，直沁入到人的骨髓里，一切的幸福也比一切的悲哀更顽固地凝冻住了。

卖淫妇把两肩尽量地望身子里缩，尽量地使露出外表的部分减少，跟街灯的火焰一起在风中飘荡的巴黎的十二月。

沛尔正在房间里用功，火炉像一只忠实而柔善的老猫，呜呜地作着声，好似在说：

“我在这里伴着你，主人，请你不要出去吧。”

沛尔在想：

“真是见不得人的病，简直跟罪恶一般地蔓延起来了。”

他还想：

“新年又快到了，连新年也都变了。向科长告一星期假，回家去一趟吧。妈见了我一定会说：‘啊哟，完全变了一个巴黎人啦。’邻家的老婆婆们也会说：‘漂亮得多了，同我们讲话都不大讲了。’农村间的暖洋洋的空气，像孵卵一般地孵出我们千思万想；让我将每晚上浸沉在那空气中吧。明年是我害梅毒后的第一个新年，我要同大家接吻的吧，还得喝葡萄酒的吧。妈跟姊妹，一定会对裘莱德说：‘来，你也来喝一口舅父的酒杯。’我同大家接吻时就在他们的发际上得啦，那么嘴唇可以不碰到了。可是酒杯可不成，怎么办才行呢。妈会说：‘到巴黎去就叫你去害这种恶病的吗。’爸爸会说：‘一家人的霉都给你倒尽了。’还有那些没福到巴黎来的人，见我害了这种病，心里一定很得意的吧。”

他又这样想：

“我必得去考土木工程师；我害了这种病，人家一定会当我是个不愿工作的懒鬼。我可以一边喝药一边工作的；可是一旦到了第三期，自己到底还有没有命活，都还不知道呢。”

正在这样想，忽听有人叩门。沛尔站起身来，刚才的悲哀已完全忘却，因为来的正是佩德；因为女人对于我们，无论什么时候都是需要的。

这是佩德。

她走进房来，冬天就躲到她那寒战着的下裙中去。

她说：

“是我呀，你这儿真和暖。”而且很迫促地报告了，“你还不知道吗，布兰雪进了圣拉萨收容所了。”

事情的发生，是在一处脚踏车练习场里。

布兰雪性情很倔强，她裸了两条小腿膀，在脚踏车上胡闹。

警察警告了她好几次：

“不准闹，再闹带你到警察局去。”结果就被带去了。

在警察局拘留所里检查身体，给检查出病毒来，因此她就被送到圣拉萨梅毒收容所去医治了。佩德又加添了一句：

“因此，我就得一个人来付房租了。”

她坐下了身子，再不说什么了。

她挨火炉挨得很近，几乎令人疑心她已失了感觉，或者是发了疯。她把两手抱在膝上，头深深地垂着。额上束着小束发带的她，好似屈倒了身子消失去了，精疲力尽的小小的姿影——看去像是粉做的玩偶了。

她还在吁吁地喘着气；她心里在想：

“厌死了，厌死了，这种生活我可再受不下去了。”

看着她这样的痛苦，使看的人心里也痛苦起来了。

人是不能够了解一切事物的原因的。原因是山一般的多，它向我们的头上伸出整几千的数不尽的铁拳；这些铁拳的重量融合一起，和每天的生活、悲哀、所受的打击、所做的罪恶，及每夜的淫乐，一起向我们身上压抑下来。这期间，最后的一夜就终于到来，几乎连站起身子的气力都已消失，许多只嘴张开了向我们咬，终于我们的肉都好似咬烂了一般地挂在身体上，这样的夜终于来了，男的哭泣，女的毕命的夜终于来了。

她深深地觉得自己已经是精疲力尽，而且必须找一块最好的场所而了此一生，于是她就投身到这男子的家里来了。

一走到这儿，她已完全僵住了。她躺在椅子上，胸头感到最后的喘息，好似一只被屠杀的野兽，在快将毕命的时候，眼睁睁地望着埋葬自己尸骸的土穴。

她终于开口了：

“我就在这儿，这么地睡觉了吧，我没有气力回家去了，只是太打扰你了。对不起，我求你，就让我留在这儿吧。”

夜，对于卖淫妇是很贵重的，一晚上是值到十个法郎。把晚上的时间白白花费，就得过没有面包的日子；这正是卖淫妇的格言。她知道人家给她慈悲的代价，她知道一个人的身体是受相当的代价的，她知道以对人的安慰交换金钱，但是现在，她只追求着慈悲。

他和女的并着身子躺下，把她紧紧地抱在臂弯中。她像一块雹子，又像一爿割起了稻的田亩，从头到脚都发着冷。他把女的紧紧地贴在胸头上，以燃烧的热情，火一般的哀怜的叹息，好久好久地，熨暖着她。

他什么也不说，他只是想着她；把她的痛苦，围住了自己的身子。他心里想这样地叫喊："可怜的圣处女呀，可怜的圣处女呀！"

九

一会儿，十二月过去了，新年也过去了。布兰雪虽然已出圣拉萨，可是有时候，好像失掉了迷人的魄力，只是萎头萎脑地过去了。

有一天傍晚快四点钟的时候，佩德走过赛白斯波路圣路伍教堂的面前。好似令人想起咸鱼包和小贩的大声呼叫的中央市场近旁的房子一般，那教堂是飞檐的，以灰色石造的。这时候，佩德不知怎的感到一阵喘息，一阵肉跳，好似心头上罩上了一层薄膜；她不知这是什么缘故。她常常感到一种奇怪的想念抬起头来，不知怎的一来，又消失得无影无踪，而且留下了一种软洋洋的味儿。她走到圣路伍教堂呼地叹了一口气，她全身都噤住了。她脸上现出微笑，向前追上去，心里想："到那边去吧。"

她在教堂内走了两圈，自己也觉得出惊了；一会儿她在一把椅子上坐下，在暂时之间，不知要说什么才好。

"上帝，我是一个可怜的娼妓。今晚，连我自己也不知道是为了什么，我跑进这圣路伍教堂来了。上帝，我跑到你这儿来，我在想着你。你从来没有看见我们，固然，你所禁止的事情，我们都一一地做了。穆里司说上帝是没有的，可是我相信好心的上帝一定是有的。好久以来，我不曾到赛白斯波路来了，第一次圣体式的时候，我恰正害了病，我把仪式迟了十五天；那时我和我姊姊两人年纪都还小，大家穿了白衣服，在同一个学校里念书。姊姊叫了一辆马车，带我们到诺德丹姆教堂受初圣体礼；坐了马车去，我们心里真欢喜。我的妈妈最爱我，常常对我说：'佩德，我把你头发梳一梳，很漂亮地束起来，来，你快来。'我还出席过教理的问答。我还喜欢'玛丽亚月'。我的妈妈，她是一个好人，跟别的女人完全不同。她是出生在意大利的。妈妈死的那天，我在医院里；姊姊和妹妹跑来看我，玛德姊姊脸色都变了灰白，布兰雪妹妹拿手指搔着头皮，好似没有想到妈妈的死。我听到了妈妈的死，我并没有多大的悲伤。上帝，我正想着我的妈妈，如果我能再见我的妈妈，我是多么的幸福呢。但是我想，也许我对你说的话，都是没有用处的。我向你祷告，一祷告，我就觉得我的痛苦可以轻松一点儿。如果有一个知道我的生活的人，看见我在祷告，他一定会笑的。但是我向你祷告，我是一个可怜的妓女，可是，我绝不是一个坏人，你看见了我，你一定会说：'啊哟，那个佩德·梅黛尼在做祷告了。'"

她跪着，嘴里反复着祷告的语句："我们的父呀"和"恳求你玛丽亚的上帝"。但是她想不起一句话来："我在上帝的面前忏悔。"过了一会儿，她又坐下了。她独自地，很虔诚地，好似一个小孩子装作好孩子似的，一动也不动地坐在屋角的椅子上。

不一会儿，她走出了教堂，立刻跑到沛尔·亚尔蒂家去，她对他说了：

“你猜我今晚上做了什么？我到圣路伍教堂去了，我去做礼拜，我替我的妈妈做了祷告。”

在他的心头，还很强烈地留着过去旧教的精神。

“这个做得好，一做祷告，种种罪过，就可以得到饶恕。”

他这样说时，觉得这句话实在没有什么意思。

吃过晚饭，一起坐在咖啡馆里的时候，她忽然想：“老是忧忧郁郁的真没意思。”

于是她做出一个决然的身姿，突然回过了头，拿起酒瓶，在自己的杯子里斟了酒。千思万想煽动着她，在她的脑中嗡嗡地响；而且在她的眼光中表现了出来。她笑起来了：“以前我老是这么样的。”这么说着，她就大口地吞了酒。可是仅仅如此，还觉得不能满足。

“好，音乐，音乐！”她嘴里这么说着，又在杯子里斟了酒。简直像发了疯了，一只手臂突地举了起来，另外一只忽又举起，把脑袋望上一挺，好像是发了疯了。喝酒令人欢畅，欢畅愈来愈增长。她好似拿喷壶洒水的一般，昂然地提起了瓶子在杯子上倒酒。她突然地开怀起来，一种不知的力推进到她的血潮中，融化了起来。她把酒都倒尽了，还把酒瓶倒提着不放。

路边有一个小孩子，佩德像跳舞一般地捉住了这个孩子，像跳绳子一般地拉扯起来。而且嘴里叫着好，踢起一腿越过那孩子的头。孩子笑了，佩德就屈倒了身子同孩子亲吻，嘴里说：“好孩子，好孩子。”

在一刹那之间全个世界都变成一个好孩子了。她觉得一切都恰意，一切都好似属于自己的，心头不住地跳。而且这一切都飘飘然地卷进到脑海的涡漩中来。

喂，好人儿
刚跑过的
是警察啦，你看

她唱了。一家咖啡馆的门开着，她就跌跌跄跄地闯了进去。

“对啦，这到底是什么呢？是什么呀？啊，再受不住了；那种狗屁道理我不要听了。涎沫吐到天空中，结果当然要落在自己的鼻子上。一切，一切我都惹厌透了，我就这么行啦。也有人对我说：‘你倒像个好人，你老是笑嘻嘻的。’可是这种人让狗把他们吃了得啦。我现在只希望能够快快活活地过活，这是真的，今晚上我快要发疯了。不过，让它去得啦。板起了脸孔，是弄不了钱的；啊哟，你瞧那老头儿的脸孔，一边喝啤酒，一边流口涎。他那胡子当中也许长虱子呢，可是这老头还在自得其乐。女人对他说：‘给你克斯一个，你出四十个苏。’穆里司在那边吃些怎样的东西呢；他等我的音讯已经等了一礼拜了。他的消息，我也懒得听了。大家一分别，别人的缺点就容易看出来，这事情真奇怪。他的朋友，有一次对我说：‘你这个样子，存心太不良。’别人家的事，要你干涉做什么！”

沛尔木然地坐着，张大了嘴看她。这时候，她已经静默下来。在四周的空气中，好似有一件什么东西。

“不，这可不对。你的丈夫，就是一个男子。而且痛苦的肉体，忧郁的灵魂——一切叫作肉体的，对于我们的心，一定是比一切欲望、一切憎恶都更可贵的，好似被叫的声音是绝不能不消灭的。他要叫唤直到我们把爱拿出去。我是知道一个男子对你做了坏事，但我也明白地知道那男子是一个孤独的人。你的痛苦巨大，你使它变得美就好啦；你就跟一个良善的天使一样，应该在上帝的正义之前低下头去。而且你应该抬起头来，对你的恶魔微笑。当你十七岁的时候，他是给你带了光明来的；为了你，他一早起来，携了你的手说：‘我的灵魂儿，好妹妹，你知道不知道我的爱?’佩德、穆里司，当你们俩结合的一天，世界出现了圣灵的奇迹。直到现在此刻，它还结合着你俩，把过去幸福的刹那，永远地雕铭在你的记忆深处。现在这男人被逐到远方去了；我告诉你——你不要忘掉他；因为他把男性的许多丑恶灌注在你的头上了。但是我跪在你的脚下，我向你恳求，如果他受了伤，你就给他揩拭血水，而且你对他说：‘我正想着在地狱深处的你，我在吹着气，为了使你四周的火焰，可以熄灭下去。’而且当复活的日子到来的时候——刑罚并不是永远的，当复活的日子到来的时候，你就抬起头来，而且必须回答：‘我是包扎伤口的看护女，我是使你受伤的女子，我是想你活下去，想你能够痊愈，而与你不能重新相知的女子。’”

沛尔绝不会这样说的，佩德也不曾听到这样的话；但是这些话，却占满了他俩周围的空气，在他俩的头上吹过，好似一种比人类的言语更为柔和的吹息。

她要写，于是她就写了一封信。从她所写的来看，她依然还留着一个卖淫妇一个说谎女子的纷乱性。她叫他“我所爱的你”，她又写："我写这信，我在哭。"可是她这么写着，她却在笑。她是那么的狡猾，完全是巴黎式的，碰到每个人都脸现笑容，一切的事物，都带有法兰西式的讽刺色彩。

她又一杯一杯地喝起下等的马尔克来，都大口地吞下了，又给起了一个好听的名儿，叫作"小马尔克"。好像小孩闹着玩似的，一杯一杯地站着喝，一起都喝得干干净净；好似她要用马尔克把残留在自己身体中的一切东西都压减下去。她一醉，醉气就行遍了全身，运转经络，全身荡动地笑起来，像拉紧了的发条一般，发出咯咯的声音。世界的一切，看来都变得滑稽无穷。桌子上的洋火盘，煤气灯，客人，椅子，这一切都搅成一团眼睁睁地望她；好像她完全跟平常变了样子，愈看愈觉得好笑，几乎想跳了起来。

一会儿，他俩走出了这家店子，街上在融雪，泥泞得很。雪像筛在筛子里的冰雹一般地落着，声音轰得雷一般的热闹。佩德陶然地说：

"今晚上我觉得有点儿怪，我从没有今晚这么难受过。"

他带佩德到自己家里，一回到家里，他俩的昏醉就立刻清醒。公寓里的老太婆，正等着他俩。

"小姐，你弟弟来过了，他留了一张条子给你。"

她看了那张条子，立刻明白了自己的预感。

她的父亲死了。

约翰·梅黛尼，生年四十九，病死在医院里了。有一天晚上，他硬得像一块石头，躺倒在床上，接连四天，他的老毛病铅毒病发得很厉害。忽然他捏紧了拳头发痉挛，仰天伸了伸身子。

他的脑袋中想起了他的七个孩子——玛德带了两个小的；佩德跟葡萄在一起；布兰雪在圣拉萨要饭；吉史太夫是跟笑面虎葛兰马丽搅在一起；三个只会吃面包的小鬼，就跟小雀儿一般地张着嘴站在眼面前——而且，不多一会儿，他就嚼嚼牙齿，扁扁嘴巴，死了。

佩德近来是特别的不幸，我们正期望着哪一天，他们会重新相见，并且对他说："我错了，我依然是爱你的，我现在回来了，我们从此可以一家团叙了。"可是他死了。佩德特别地想起吉史太夫告诉她的一桩事：有一天他父亲在街头不意地遇见了布兰雪和她的姘夫一起走。他回到家里，就靠在桌子上，手托着头说："我有三个女儿，三个都变成了卖淫妇。"说着，大滴的眼泪落在他的胡子上。他死了，无可挽回的、意料不到的事。她早就忘了孝思之类的性情，但是看了这死人沉重严冷的脸，她好似受了永久的斥责，她的心头受了鞭打。黑暗渐渐深起来，一到像犯罪以后的惩罚般地笼罩下来的时候，她好似半夜中见了噩梦一般，战栗在这个苛责之中了。她觉得自己过去的可耻，一看就可以看得出来。而且她愕然地想："我是坏蛋中的坏蛋！"

她想穿一件丧服，晚上，她造了一个口实，别了姊弟们出来，打算找一点儿制丧服的钱。她照常地在赛白斯波路走；在死沉沉的夜的空气之中，脚踏着石块走了三个钟头，最后她觉得自己好似拖着父亲的尸体在街上走。她做了两个男子的买卖，第一个给了她十个法郎。而且当她躺倒床上的时候，机械而被动的这位卖淫妇佩德，就细细地玩味了男性，在男性的爱抚中感到了快感。第二个男子给了她一百个苏，而且还说可以再便宜一点儿吗。她永远忘不了他，他长着红胡子，她甚至想把他咬死；她想对他说："今天我死了父亲，你还要在我的身上爬，你害羞不害羞。"

这个夜救了她。一个人当受了难堪的羞耻时，他就会坐倒，脸孔涨得更红，不仅如此，他还会左右他顾，以逃避羞耻，而且他是不得不如此的。她在好久之间——这期间她父亲死了——舌子上尝到石与灰，赛白斯波街和人发腐烂的医院的滋味。她的职业，就是充满着这滋味的；她的日子，是污辱与梅毒的日子，在公寓的床上，无知觉地思考着，像一匹畜生一样躺着过活。她想起了无穷无尽的种种——她想起许多洗涤器，许多散乱的杂物，夜业女子所特有的空虚无力的懒森森的腰部。她什么都想起来了。在街头上找客人，咖啡馆里的酒杯，无味的亲吻，这一切混在一起，看去像是黑漆漆的一团。在她回忆中一切的夜，都好像是父亲丧事的夜。

因父亲的死，一家人又重新团叙了。祖母像克拉波思的巫婆，尖着眼望这个团叙，而且说："简直是一个垃圾堆。"佩德回答她说："你年轻时做了什么，我也不知道呀。"弟弟说："姊姊，你不要作声。"他们要看养三个小的。玛德担任了其中之一，吉史太夫照顾两个；大家连商量也不跟她商量，好似不当她作一家人似的，就在她眼前，各自分别决定了。有时候她提出自己来替姊弟们效些劳，吉史太夫就很快地说："你管你自己得啦。"

这期间，一种说不出的被屏弃的懊恼，和战栗身心的恐怖，包围了她，使她沉潜在孤独的悲哀深底。她感到自己不是一个素性正直的女子；她悟到在环绕着尸骸而坐的亲属之中，过着正当生活是多么好的事。这样那样地想着，她的想念就自然而然地趋向到姘夫们和欢乐的事。污辱与悲哀，排成一条无穷的行列，把她引到黑暗的中心；苦水充满了她的胸头。在她的怯生生的心中，人生变成一个画像而出现。在她的眼前，有一对漂亮的肩膀，而且伸起了一个大拳头。她悲哀地叹息自己：“可怜的伤心的佩德。”用着对孩子说的话，对自己说了。

那时候，她看见四周像太阳一般地升起大的懒洋洋的感情。马格达拉的玛丽亚——她现在笼罩在光线中。当她立起来想去洗脸的时候，她的心像辉耀在初阳之光中。她在一切事物的背后，看见深沉的爱的姿影，看见高翔着的伟大的慈悲；她感到这慈悲轻轻地拍着翅翼，拍打着她的脸面。她完全不借何种推理之力而看到这一切东西。可是她的灵魂，就像吃果物的时候一样，有一种清爽的感觉。天使们歌唱着“美哉美哉!”四周散溢清香像“玛丽亚之月”。当她想起沛尔的时候，同时她想到自己的亲属，做纸花工，过安平的日子是多么的幸福。她想静静地坐着，看看一动不动时的流和与时间一起的思想之一切的流。这样的事，如果在上一星期有人先来预告我，我一定是不会相信的。不幸迫我迫得太厉害了。不必空谈，一定会这样说的。自己既然到了现在的境况，谁都知道是要永远继续下去的了；此外再没有别的办法。立刻，她又想星期日到郊外去采一点儿花来。在梅毒医院治得差不多出来，人家就说是“弄干净了”；佩德是弄干净了。

她又这样地想：“钱一定挣得比较少了，这是一定的；而且还得受苦，因为钱是幸福的元素。像赛白斯波做买卖时那样一天挣十法郎决计是不可能的，可是回头想想前情，是觉得心痛的。

这大概因为自己没有布兰雪那样的坚强；而且挣得的钱，一个也没有留在身边。一做那样的买卖，自己就不知道自己了。臭钱藏不到身边，这话真不错。如在纸花工场里做活，生活就可以过得安定些。一天忙到晚，就没工夫想到去花钱。正经过活，就得正经地报偿，这话一定对的。一定的，有人会同情自己的命运，来帮助的。那么，自己就可以真正变成一个严正的女子。可是组织一个家庭是不可能的，男人们总是有秘密的。”

她到莱亚缪尔街去看广告，而且她立刻找到了工作；一切进行得很顺利，好似小说中所描写的病人，一晒到太阳的光，就日趋痊愈。严冬好似渐渐地近向阳春，天空中荡漾着青青的和风，它使人想到在太阳中战栗的、广大地展开在屋顶上的、闪烁在恋心中的春初时节。街上的行人们，挤在阳光底下走。她满怀着清快、活泼和柔和的心；好似这好天气，都是从她的心中开放出来的。她在暗沉沉的工场里做工，冬天的遗迹躲藏在工场的四隅。在不久之间，她见了那闹吵吵的女老板和失足的同伴女工们，因为当她刚成人的时候，也看见过自己干这样的事，她就觉得厌恶了；她所以觉得厌恶，也因为她已经从火坑中跳了出来了；但是这个不快的感觉，再过一星期，一定会习惯的。

傍晚，她从工场回来，就去找沛尔；而且从他那儿，得到很大的报偿。

“你懂吧，过去的生活我已经厌了，所以我现在决定方针。首先借一个小房子，一星期花不了五个法郎的，再贵不行，我打算住在你这一条街上。喂，沛尔，这么一来，不久我们就可以结婚。你要高兴，大家每天晚上就上街去散散步，散步回来各到自己家里休息；有时候，我就到你房间里来，可是不准每天的。过于疲劳了，对身体不好。不过在我还没有领到工钱以前，请你帮助我一点儿，带我一起吃饭，另外就什么也不要；两个人可以一起好好过日子。你要贺贺我搬屋子吧。我去买一只鸡来，到那儿去烧一烧；还有菜蔬；大家快快活活地吃一顿夜饭。还要买一个咖啡炉。哎，我还烧点儿好茶给你喝呢。”

沛尔想了：

“我不是常常孤独地走着，心里想到没有女人，没有女人吗。如果不幸永远这样继续下去，活着也没有多大意味了。可是，现在可以了。从来所没有的好似现在都满足了，世界上的一切，好似都已上了轨道。可是事物的平衡，并不是这样才开始的。到底自己在干什么呢？几时再来干些可以遇到如此幸福的事情吧。”

十

早上三点钟的时候，沛尔和佩德从爱的疲劳中，背贴着背地熟睡着。

佩德在他身边，使他感到好似柔和的生命的呼吸，在我们的心头，连一星儿的吵扰也不感觉到的确实的幸福一般。

她睡着了，她疲劳了。她的疲劳，使人联想起小孩子的倦眠。

黑暗凝住在我们的额上，黑暗渗透到我们的心中，在这黑暗之中，正躺着一个女子。

幸福使我们睡眠，在我们睡榻的四周，像神的手所织的纤妙的毛衣一般地飘飘的时候，这样的睡眠，是多么的幸福！

在这样的时候，女子便是圣处女，在她的身中好似宿着守护的天使。

三个人跑到跳舞场的时候，葡萄先把耳朵贴在门口探听动静，什么也听不出来，好似听到自己脉搏的声音。

大胖子裘尔在暗中向亚代儿打了一个招呼：

"进去看看。"

她打了三次门，然后低声地问：

"沛尔先生在家吗？"

听到声响，一会儿门开了，房中点着灯火。

亚代儿跑进去了。

"你先说吧。"

接着葡萄默默地进来，一进门就把帽子抓在手里；他的后边是裘尔，帽子也没脱的，板着脸走进来，顺手把门带上。

完全是出于意外的。

矮胖的葡萄，像一个搬场夫似的蹦开了两条粗腿。

"打扰你，很对不起。我跟这女人已同居了四年，这是什么意思，你老兄一定也明白的。我来实行我自己的义务的。"

两人都只穿着一条裤子，裸着肩头从床上跳起来。烛火在旁边索索地战栗。他俩眼中冒着火，凝注着这意外的来客；一时之间，好似有千军万马，向眼前奔腾而来。

她好似受了突然的殴打，从来所受的耳光，好似都凝成一起，突然地向脸上扑打过来。

葡萄说了：

“好，起来！”

她在床上整了整身，蹙住额，紧张起全身的神经，吓得战战兢兢地说不出话来。

他又呵喝：

“起来。”

可是她还是没有动，葡萄想到为了实行自己的权利，只有用武的一法。

他跳前了一步。

“对不起。”

他这么说着，为了使佩德想起自己的责任，给了一个结实的耳光。

沛尔开口了：

“你们可有这种权利……”可是大胖子裘尔把他的话打断了：

“对啦，我们有这权利的。”

而且他对正在起身的佩德说：

“你运气不坏，找到个好男子了。”又接着说：

“我们是处在朋友的地位来的，打扰你原是对不起的。不过我们对公寓老板说了，亚尔蒂先生的房间在那儿，我们是有要紧事来叫他的。”

于是葡萄又向沛尔道歉：

“半夜五更来惊扰你，委实是对不起得很，务必请你老兄原谅；以后当再重重道罪；实在是很不安的，使你认我这样粗暴。”

亚代儿心里异常难受，她原来是个好心地的女人，她可怜起他俩，不禁淌下了眼泪。

佩德曾经对她说过：我认识一个叫什么的男人。于是她就单方面地都告诉了他们。

葡萄拉她的手说：

“你倦了吗？”

沛尔的案头上插着一瓶橘子花。葡萄就拿花瓶中的水倒在玻璃杯里。沛尔见了，就慌忙叫起来：

“这玻璃杯让我来洗一洗，你当心她，她害梅毒，嘴里都长了斑点呢……”

佩德穿起衣服来。她的衣服像半夜中的幻影一般披到她的身上了。

她穿进了没后跟的袜子，扣上袜带；同时有无限的悲哀笼罩在身体当中。袜穿上了，就穿裤子；而且嘴里说：

“你出来了，我一点儿也不知道。”

葡萄回答了：

“啊，你这么想念丈夫，丈夫出来了还不知道，这倒有点儿奇怪了。哈哈，你不知道我出来吗？人心总是势利的，所以你也把我忘了。”

冬天的天气虽这么的冷，可是她只穿了一点儿单薄的衣服；她穿上了白的内衣，只剩一条裙子和一件套衣没穿上。

她又梳头发，把黑的长发绾过肩头缓缓地梳，一边梳着一边心里等待着发生什么的变端。

葡萄说了：

“嗨，头发还没有梳好？快些，在人家家里，不能久留的呀。”

在这刹那之间，她所想到的，就是死。葡萄是把她当作生活上的必要品的；他好似把她当在当铺里，现在是来赎取的。她感到自己原来只是一件物品，只是一个可怜的、病弱的、伤心的佩德。她要把他忘掉，她只有闭目长逝了……如果说，不跟他去，那么葡萄一定会把我杀死了……她觉得在临死以前，还是先来想一想的好；如果自己真要死，然后再死也不迟。于是她拿起了套衣，穿上了裙子。

大胖子裘尔对沛尔说：

"我们是处在朋友的地位来的，大概你老兄也明白。我们知道你是谁，我们也知道这女人对你说的都是好听的话。可是一切都不谈，在告别以前，请你给一根纸烟，还得让我们握一握手。"

葡萄说：

"惊吵你，真是对不起得很。我的女人，承你多多照顾，真是感激之至。几时我们大家来喝一杯酒吧。让我握一握手。这对我实在是有点儿难堪的。"

他们出去了。到了跳舞场里，葡萄问了：

"今晚上的夜厢钱你拿了没有？"

她又重新走回来了：

"他们说，要我来拿钱。"

"好，拿五法郎去。"

这样地，她又跑出到世界上去了，在这个世界中，个人的慈悲心，是完全无能为力的。因为这个世界中有恋爱也有金钱，对于作恶的人，是拿了杠杆也起不动的。因为卖淫妇好似公共牧场中可以任人摆弄的畜生一样，是有价格的商品。

一会儿，听到楼底下门户关上的声音，沛尔一切都明白了。

“啊，我知道你快要哭出来了！怎么办，怎么办呢！我没有这幸运。我没有可以使你幸福的勇气。哭也好，死也好！如果你一个人无力，你就衣服也不穿地赤着脚跑上街去叫喊得了：‘救命呀！’跑到大街上去，拉住了过路的行人：‘大家来呀，那边有人要杀女人啦！’真该这么叫喊的呀。”

历史的刹那间

〔奥〕斯蒂芬·茨威格

滑铁卢：天下成败之秋

拿破仑与格鲁西

命运女神常常投奔到强大者的膝下。多年以来，她跟婢仆一般替该撒、亚历山大、拿破仑等等人物服务，因为她本来就喜欢这种很难测的元素一般、与她自己相似而不可分离的原始性的人物。

但在一切时代，极偶然地，命运女神往往突然疯狂起来，委身于毫不足道的渺小人物。她的纺纱往往——这就是世界史上最惊奇的一刹那——在一刹那间，放在绝无意义者的手里。这种人物，常因这种将自己推进到英雄的世界剧的暴风，不但得不到实惠反而受了迫胁，几乎常是战战兢兢地，将这到手的命运，眼睁睁从手里逃走，只有极少的人奋力捉住这个机会，确保了自己。原来伟大的东西，只在一刹那间会委身于渺小者。疏忽了这一刹那间，再得不到第二天的机会了。

格鲁西

维也纳会议的跳舞、秽剧、阴谋、讨论之中，忽然跟轰隆的炮弹一般，到来了惊人的消息。被囚的狮子拿破仑挣破了厄尔白的笼子。别的飞马报又接连带来了报告：他占领了里昂，驱逐了国王，军队扬起狂热的旗浪向他投奔而去，他已经踏进巴黎的屈露里宫了。列比日锡的大会战，二十年的屠杀战，都归之水花泡影了。原在慷慨激昂夸夸其谈的要人们，立刻好像被猛兽的爪子抓住一般，缩作一团；英吉利、普鲁士、奥地利、俄罗斯的军队很快地动员起来，准备将这位霸王再一次彻底地粉碎。那些欧罗巴的皇帝和保皇要人们，从没一次，像受到这最初警报时，团结得这样坚固。惠灵吞从北方向法兰西进兵；勃留海尔所带领的普鲁士兵从侧面挺进，遥为声援；修伐尔詹堡在莱茵流域厉兵秣马；俄罗斯联队做预备军，横穿德意志，拖起笨重的步伍前进。

拿破仑立刻看出致命的威胁，知道在敌军集合之前，不能有片刻的犹豫。他必须不等普、英、奥三军会合而成联军，决定法国的瓦解之前，先将敌人分裂开来，各个击破。他须得迅速，要不然，国内的反对派又会起来暴动。不能等共和党强起来，联合了保王党；不能等口头圆滑的富西等与他的真正敌手泰列兰勾结好，从背后给他一个意外的打击。一天的犹豫便是损失，一小时的迟延就是危险。因此他急急忙忙将铮铮作响的骰子投到欧罗巴最惨酷的战场，比利时的方面。六月十五日晨三时，伟大——而且现在是唯一的——拿破仑军的急先锋队越过了边境，很迅捷地，在十六这一天，便攻击普鲁士军，将它击退了。破笼狮的第一爪，是骇人而且几乎是致命的。退败而未遭歼灭的普鲁士军，向布鲁塞尔退却了。

于是，拿破仑的第二度攻击，便对惠灵吞装好的姿势，他没有工夫喘一口气。多过一天只是使敌人增强一天，而且他必须以胜利之火所点起的油，陶醉自己背后的国土中流血与不安的法兰西人民。十七日，他将全军挺进到那位跟冰冷的钢铁一般的神经敌手惠灵吞在建筑着工事的卡托尔勃拉高地。拿破仑军队的配备，从没有这天这样的周密；司令的头脑，也从没这天这样的清明。他不但顾虑到进攻，也考虑到自身的危险。他恐怕被击败而未被歼灭的勃留海尔军，与那惠灵吞的军队会合起来。为了防备此点，他分拨一部分军队，逐步紧追普鲁士军，阻止他们和英军的会合。

他委令格鲁西元帅担任追击军的司令。格鲁西是一个能干、正直、精悍可靠、深得中庸的人，他在任骑兵队长时，着实有些能耐，但总之不过是一个骑兵队长罢了。他不是缪拉那样热烈泼辣勇猛果敢的骑士，也绝不是圣西尔、倍鲁吉那样的战略家，更不是纳依那样的英雄。他的胸头没有战士的胸甲，没有一种传奇与他有关，在拿破仑传奇英雄的世界中，没有一种显明的特色使他获得名誉与地位。出名的只是他的不幸与灾难。二十年来，从西班牙到俄罗斯，从荷兰到意大利，他参加所有的战阵，一步一步升进到元帅的高位。他不是幸运，也不是有特殊的勋迹。奥地利兵的枪弹，埃及的火般的太阳，阿拉伯人的短剑，俄罗斯的酷寒，在马连可，死了陀塞；在开罗，死了古尔培；在华格兰，死了冷纳，老前辈一个个凋零了，把地位让给了他。所以他的高位显职，并不是自己攻取而得，乃是由于十年的争战，自行展开到他的前面的。

拿破仑不把格鲁西当作英雄与战略家，他深深知道这是一个忠实可靠、正直冷静的人。只因部下大将半已死亡，其他的又厌倦了不断的野营生活，已经心灰意懒，退藏在自己的乡上，所以他只好以这中庸的人物，托付这生死关头的行动。

在尼里大胜后的一日，滑铁卢的前夜，六月十七日的上午十一时，拿破仑第一次将自主的司令权交付格鲁西。仅仅一天之中，这位拘谨的格鲁西，从行伍社会登身到世界史中。仅仅是一刹那间，然而这是怎样的一刹那间呀！拿破仑的命令是明白的：当他亲自攻打英军之时，格鲁西必须率全军三分之一，追击普鲁士军。这似乎是一道简单的委托命令，绝不会有什么差池，但是富有伸缩性，有着双刃之剑一般的危险性。因为格鲁西不单追击敌军，同时还须与本军保持不断的联络，以进行自己的任务。

格鲁西迟疑地接受了命令。他不惯于独当一面的行动。皇帝天才的眼，所以对他的慎重给了指示，就以为他的思虑虽没有主动性，但却是可靠的。要不然，他会感到背后别位将军的不平，说不定动不动又感到命运的黑翅。只有在本营的附近才能使他安心。仅仅三小时的急行军，他的军队已远离皇帝的部队。

在倾盆大雨中，格鲁西告别而去；在泥泞的黏土上，他的兵士慢慢地向普军追踪。至少，在想象中，那是勃留海尔与其军队所去的方向。

加犹之夜

北国之雨，永无停歇地下着。拿破仑的联队像一群湿淋淋的野兽，在黑暗中，每个人皮鞋底下拖了两磅泥，拽着累赘的步子，没有下宿的地方，不见一所房子、一个屋顶。稻草湿得不能躺下去，兵士们十人一堆，十二人一堆，笔直地坐着，互相背靠着背，在大雨淋漓之下打着瞌睡。皇帝自己完全不休息的。不利于瞭望的天气，侦察甚不方便，探报接连带来血淋淋的报告，他像害热病一般，神经奋昂地踱来踱去。他不知道惠灵吞是不是来应战，关于普鲁士兵的情形，格鲁西又没有报告来。于是在午夜一时——不顾一切，冒着大雨——沿着步哨线，走到闪烁雾气中，发出轻烟般光棱的、向英国阵地的大炮射程中，拟订了攻击的计划。到了黎明，回到加犹的小舍，可怜的司令营，在这儿，见到了格鲁西送来的第一次紧急报告。报告普鲁士兵的退路不明，但总之是在追击普兵了，算是一种安慰。渐渐地，雨停歇起来了。皇帝焦躁地在屋子里来回地走，慢慢地望得见远景，凝望着淡黄色的地平线，看看有没有决定的征象出现。

早上五时——雨停了——心头的云雾开朗了。发下命令，定九点钟做全军突击的准备。命令传达到各处，一会儿，响起召集的鼓声。这时候，拿破仑才投身行军床上，准备做二小时的睡眠。

滑铁卢之晨

晨九时。但军队还没有全部集合。大地在雨水中浸了三天，使一切运动都变成困难，妨碍了炮兵的移转。太阳慢慢地出来，映照在烈风中。但这个不是闪烁光洁、预告幸福的欧斯排里茨的太阳，这北国的光只是带淡黄色的，不快地照着。作战的准备完成了。于是，拿破仑在战斗开始之前，再度跨上白马，沿全线巡视。飞翔在旗上的大鹰，宁静在狂风般的骚动之中，骑兵们跃跃欲试地摇动佩刀，步兵将熊皮帽挑在枪尖上，摇晃着迎接他。大鼓隆隆地卷起狂热的浪潮，军号嘹亮地将热烈的欢情吹向总司令的身上。而超凌一切的这辉煌的音响，欢呼之声冲出七万士卒的喉头："皇帝万岁！"响彻在全军的头上。

在二十年拿破仑时代中，任何一次阅兵礼式，从没有这最后一次那样威风而狂热，呼声缭绕不散。十一时——比预定延迟二小时，命运注定的二小时的延迟——对炮兵发令射击高地上的英军。于是勇士中的勇士纳依率领步兵进攻，决定拿破仑命运的时刻便开始了。这一场酣战，从来已不知描写过几多次，但对于刺激性的人事之浮沉，是百读不厌的。或在司各脱的堂皇的叙述之中，或在史丹达尔插话式的描写之中，都将这次会战作一大场景，形成各式各样的姿态，从近处，从远方，从司令官的高地，从装甲骑兵的马上，做种种的观望。这是不安与希望之无穷的交代；这是突然解消于极端破灭之刹那的，富有特殊的紧张与戏剧性的艺术作品，纯悲剧的模范。因为在这各个命运中，欧罗巴的命运是被决定了，而拿破仑这架空的焰火，在闪烁、爆裂、坠落而永远消失之前，又一度吹起火花，绚烂地开放于中天。

从十一时到一时，法兰西联队向高地冲锋，夺取村落与阵地，一再击退又一再冲锋。已经有一万具死尸，掩蔽在空洞的黏土质的泥泞的高地上，而双方除了疲劳而外还是一无所得。两军都疲乏了，两个司令都焦躁不安。两人都知道，谁先得到援军，胜利便属于谁；惠灵吞在期待着勃留海尔，拿破仑在期待着格鲁西。拿破仑神经质地拿着望远镜，再次三番地眺望，几次派出了传令兵。只要部下的元帅及时赶到，法兰西便可以第二次照上欧洲推里茨的光辉的太阳。

格鲁西的失败

格鲁西不知道拿破仑的命运掌握在自己的手中，他遵照命令于十七日夕刻出发，照指定的方向追击普军。雨停了。昨天初次闻到烟火气的中队的青年新兵，跟平时在国内一般，兴兴头头地向前走着。没有半点儿敌兵的影子。败绩的普军还是没有影踪。正当元帅在农家急匆匆地进早餐的时候，突然在兵士的脚下，感到大地隐隐地震动。他们侧着耳朵听了。好似听见几次闷重的声音，但立刻又消失了，转成轰隆的巨响。是大炮啊，远方的，但也并不十分远，是约莫三小时行程距离的，正在发炮的炮兵。几个军官照印度式子，把耳朵贴在地上辨别声音的方向。这远方的声响，不绝地以钝音震撼着大地。这是从圣若望开的炮声，滑铁卢在开火了。格鲁西如此断定。副司令杰拉尔兴奋得满脸通红，要求“向大炮的方向进兵”，急速向炮声的方向！第二军官也同意了，快向那方面去！皇帝在攻击英军了。谁也知道这地方已开始了重大的决战。格鲁西不安了。一向惯于服从的他，战战兢兢地捏紧那张写着手谕的纸条，固执着皇帝命他追击普军的命令。杰拉尔看见他的犹豫，更加躁急起来，“向大炮的方向进兵！”副司令这要求，在二十位军官和士兵们之前，不像要求而像命令。这可叫格鲁西生起气来了。他坚决严厉地宣称，在皇帝第二命令未到之前，他是不能放弃义务的。军官们失望了。大炮轰隆在险恶的沉默之中。

于是，杰拉尔试用最后的一着，他要求至少让他带领自己的部队与若干骑兵，进发向那边的战地之中而且立誓可以做适当的部署。但是格鲁西深深地考虑了。在一刹那间，他沉思起来。

一刹那的世界史

格鲁西在一刹那间沉思了。但这一刹那间就造成了他自己的命运、拿破仑的命运、世界的命运。在华汉姆农家中的这一刹那，决定了整个的十九世纪，它永远地悬挂在一位真正平凡人的唇间，悄然地躺在手指神经质地揉搓着皇帝命定的命令的那只手中。如果这时候，格鲁西不屈服于这道命令，从容自信地面对目前明白的事实，发出勇气来，变成大胆，则法兰西就会得救了。但是这位服从惯的汉子，只知道服从命令，竟不听命运在他耳边的呼叫。

于是格鲁西顽固地拒绝。不，将少数部队再作分派是太不负责了。他的任务，只是遵照命令，追击普军，再也没有别的。他拒绝违背皇帝命令的行动。军官们都不快地沉默了。他的身边涌起一抹静谧。于是，在这儿，便不是言语与行动所能把捉的，欲取消而不能的消逝了——决定生死的一刹那。惠灵吞胜利了。

于是杰拉尔、房达，便捏紧恼怒的拳头向前推进，而格鲁西则立刻心里不安起来，一刻比一刻地不安了。多奇怪啊。为什么见不到普军的影子，显然地他们对布鲁塞尔的方面是绝望了。一会儿探马带来了报告，退却的普军，已改变方向向大战阵地的侧面前进，如果快速或者还来得及赶上去援助皇帝。格鲁西更加焦灼地等待回兵的报告和命令，而报告却没有来。从渐渐远去的上首方，大炮越过震动的大地，钝声地隆隆响来。那滑铁卢的钢铁的骰子。

滑铁卢午后

这样地，已经到了一点钟。四次的攻击虽然遭了击退，依然将惠灵吞的中心部做了惨重的破坏。拿破仑已经完成决战的准备。他强化了倍尔奥利安前线的炮队，然后，趁炮火的烟雾还没有在高地间罩上烟幕之前，又向战场上做了最后的一瞥。

恰当这时候，在东北方望见好似森林中流出来的一道阴暗的影子，正在向前推进。是援军啊！立刻所有的望远镜都对正了这个方向。是格鲁西来了吗？是他大胆地违反了命令，在这绝好的时机突然回来了吗？不，一个俘虏告诉他们，那是普鲁士兵，勃留海尔将军的前卫部队。这时候，皇帝才明白，那被打败的普军，正当自己三分之一的军队，在并无敌兵的地方白白奔波的时候，已经脱出了我方的追击，在和英军会合起来了。他马上下一条给格鲁西的手谕，不管花多大牺牲，必须改善联络，阻止普军参加这个战争。

同时，纳依元帅接受了冲锋的命令，必须在普军没有到达以前，打倒惠灵吞。在这意外地减少了胜利把握的时机，任何一种军事的配置，都不觉其过于大胆。从此，一整个下午，那正对草原的狞猛的攻势，接二连三地将新兵抛出去。他们不绝地冲进破坏的村庄，几次被击退，又几次对已经破碎的阵地，掀起军队的浪潮和飘扬的军旗。但惠灵吞依然继续地抵抗，而格鲁西依然没有一点儿音耗。“格鲁西在哪里，他停留在什么地方呢?”皇帝望见普军的前锋已逐渐地加入，嘴里这样神经质地喃喃着。部下的指挥们都焦急起来了。为了决定最后的命运，不惜出于断然的暴力，纳依元帅——恰巧与格鲁西的过于慎重相反，他是疯狂的大胆（他的坐骑饮弹而倒，已经换了三匹）——为了做仅仅一度的进击，将全部法兰西骑兵，一举而投入敌阵。一万装甲骑兵与龙骑兵，试行这可怕的死之骋驰，击碎方阵，压倒炮兵，炸破了第一列队。虽然他们自己遭了再次的击退，但英军的主力早已濒于溃灭，坚守在那高地上的拳头渐渐地松起来了。终于，当为数大减的法兰西骑兵被大炮击退的时候，拿破仑的最后预备军，老部队，近冲兵，便出动重缓的步子，准备冲锋去占领那所高地，而这占领是保障欧罗巴的命运的。

决　　定

四百门大炮，从早上开始片刻不停地交轰于两军之间。在第一线上，是向炮兵阵地前进的马队，兵刃嘎嘎作响，鼓声在颤动的皮革上咚咚地叫，平原一带发出无穷的音响，而上首，在双方的高地上，两位将军各在人类狂风的彼岸侧耳静听。他们各听见隐隐的声响。越过暴风般的群众，两只时计各在他们的手中，像小鸟的心脏一般静静地计算着时刻。拿破仑与惠灵吞，二人手中拿着精致的时计，数着一秒一分的时间，相信自己一定可以得到最后的救援。惠灵吞知道勃留海尔已经近在身边，拿破仑还在盼待着格鲁西。双方都已没有预备兵，谁的援兵先到，这大战的胜利便属于谁。他们用望远镜向森林方面眺望，在那儿，普鲁士的前锋队像薄云似的现出来了。但这仅仅是散兵吗？还是受格鲁西的追击的逃亡部队呢？英军已仅仅能支撑最后的抵抗，而法军已经精疲力尽了。好像两个大力士，他们各撑住了负伤的臂腕，在最后的肉搏之前，互相喘一口气。终于最后的胜负，已无可等待地到来了。

这时候，在普军的侧面，枪声砰然作响。散兵战，轻步兵的开枪。"Enfin Grouchy"（格鲁西终于——）拿破仑透了一口气。现在侧面有了保障，他集中了最后的兵力，再一次地投向惠灵吞的中心部，为着击碎布鲁塞尔前面的英军堡垒，为着炸毁欧罗巴的关塞。

但是那枪声，是普军对服式不同的哈诺伐人所发的误会的散枪，一会儿，他们停止了误会的射击。而且现在，他们的大群，毫无遮拦地扩大开来，从森林中大举涌来了。不，与这部队同行的并不是格鲁西，而是勃留海尔，同时是意外的灾祸。报告在皇帝的部队中传开来，他们艰难地保持了行列，开始退却。但惠灵吞没有错过这决定生死的一刹那间。他拍马跑到保护周密的丘陵边，举起帽子，望着败走的敌兵，在自己的头上挥舞。部下立刻明白这得胜的表情，留在英军侧面的一齐奋起，向溃败的大军冲去。同时普军骑队从侧翼冲进疲劳困惫濒于瓦解的敌军。喊声震天，可怕的死的"溃退"。只有几个钟头，全军浸沉在如万马奔腾一般涌到的不安的浪潮中，连拿破仑自己也被潮流冲倒了。好像毫无抵抗地在无感觉的水中行走一般，从后面涌到的骑队，进入到这急流般的败阵之中，从不安与恐怖的绝叫声中，散开了队列，拿破仑的御用马车，军用金柜，一切的大炮，都被俘了。只为了夜色的骤然的到来，总算逃出了皇帝的生命与自由。但是在半夜中，满身污泥，颓然地在乡村旅店的沙发上疲极躺卧，已经不是皇帝了。他的王朝，他的命运，已经完结了。一个渺小者的失策，便在一朝之间，毁灭了那位大胆无敌、精明无比的人，以二十年工夫所筑起英雄的时代。

大风过后

英军刚将拿破仑打倒，在当时还是一个无名者的人，赶着一辆特别轻便的四轮车，疾驶于布鲁塞尔的公路，一到布鲁塞尔立刻跳上待在海边的船上。他乘这条帆船去伦敦，终于比政府的探马还先到，因为消息还没有人知道，终得压倒了证券交易所。这个人，便是以独特的长征，建立了另一帝国，一个新的金融王朝的罗斯却尔特。第二天，英国知道了自己的胜利，在巴黎，那永远的叛徒富西，知道了本国的惨败。在布鲁塞尔，在德意志，已嗡然地响起报告胜利的钟声。

只有一个人，离开这命定的地方只有四小时的行程，却到了第二天早晨，还不知道滑铁卢的消息。这不是别人，就是那倒霉的格鲁西。他耐性强，依照计划，一丝不变，牢守着追击普军的命令。然而奇怪的是，他到处找不到普军的影子，这使他的心头不安了。而大炮，在愈来愈近的地方，像呼救一般叫唤，愈来愈响了。大家感到大地的震动，每一个炮声好似打在心口上。谁都明白，这不是散兵战的小规模接触，而是展开着一场大会战、大决战。

格鲁西神经质地在军官间拍马前进，军官们再没有一个愿和他谈论；他们的进言已经被摈斥了。

最后，他们在滑铁卢附近冲上一些普军的小部队，勃留海尔的后卫军。他们跟狂人一般向堡垒冲锋，杰拉尔好似受驱于黯淡的预感，求死似的身先士卒。一颗子弹将他打倒了。于是进言中最多嘴的一个便默然无言了。夜幕袭来时，他们袭击一个村庄，但是这种对于后卫的小胜利，已经完全没有意义了。因为从上首的战场到这边一带，顷刻之间突然静寂了。难堪的静穆，怕人的平靖，惨厉的沉默。他们大家觉得这腐蚀神经的不安，比听着炮声更为难受。那场大战，滑铁卢大战，一定已经结束了。格鲁西在这儿，终于接到拿破仑那张火急讨救的手谕。（已经来不及了）战争已经结束了，但谁是胜利者呢？

他们等了一夜，完全是无为的！再没有一点儿消息传来。他们好似把大军遗失了，也好似立在一间空洞无味、望不见外边的屋子里。早晨，他们拆毁了野营，重新开始进军，死一般的无聊。早就知道这样的进兵是没有目标的了。到了上午十时，参谋部的一个军官骑马到来，大家帮他下马，发出种种的问题。但是满面恐怖，头发贴在额角上，兴奋地哆嗦着，不像人世的人，口里只是含糊呓语，没有人懂，而且谁也不想懂了。当他开口说，皇帝失踪了，军队不见了，法兰西败了，这时候，大家以为他是喝醉了酒，在发酒疯了。但是他们逐渐地从这人的口中，接受了完全真实的、将他们打倒的、骇人的报告，格鲁西脸色苍白地站起来，一手抓住战栗的佩剑。他知道自己殉难的时候，现在已经到来了。他决心担负这个不可补偿的大损害的责任。这位在目不能见的乾坤一掷的大刹那间，那个无用的小心的属僚，现在直面着当前的危局，重新变成一大丈夫，而且几乎是英雄了，他召集全军官兵——眼中充满愤怒之泪与悲痛之色——说了简单的训话，解释自己的迟误，同时叹了一口气。昨天还对他发怨言抱不满的官兵们，今天都默默地听着他的话。谁都可以指摘他的错误，谁都可以夸称自己有过好的意见，但是没有人这样说，也没有人这样想。他们所有的只是沉默。疯狂的哀愁，喑哑了全军。

到了那已经轻轻放过的生死关头之后，格鲁西——虽然已经迟了——发挥他全军的力量，自从他信赖自身，再不拘泥那张手谕而后，慎重、手腕、明察、诚实，他的所有伟大之处都一一显出来了，他——以卓越的战术的力量——不损一炮，不折一兵，正对五倍优势的敌人，将自己的部队，冲入敌心，于是挽救了法兰西，挽救了他的部队。但是当他归还的时候，皇帝已经不在，没有人对他说一句奖励的话，也没有一个与他对抗的敌兵。他到得太迟了。永远地太迟了。他在世俗地登上高坡，晋叙为总司令，封为法兰西最高贵族，无论在任何职司下，都发挥了他的不凡的手腕，然而那个使他成为命运之主人，而对他担负过重的一刹那间，他已经无论花什么代价都买不回来了。

因此，在人生难得遭逢的这伟大的一刹那间，对于那不知利用的人，做了可怕的报复。对于平安的日常生活，武装充足的市民的美德，例如慎重、服从、热情、识别等等，这一切，在伟大命运的刹那沸腾之中，便无力地溶消了。这种一刹那间，所需要的只有天才，它会形成他们永久的铸像。这命运的刹那，它嘲笑小心者而加以深拒，只把那独特果敢的人，作为地上之另一神祇，以烈火般的手腕，接引到英雄的天国中去。

玛丽安白的悲歌

歌德的永远的青春

一

1823年9月5日，从喀斯白德到厄格的国道上，悠然地驶过一辆轻便的旅行马车。清晨的大气战栗在秋寒之中，肃杀的金风吹掠收获后的田野；但在这清丽的景物上，晴朗的青空还豁然地展开半圆的轮廓。这轻便的四轮车中，正坐着三位旅人，魏玛大公的机要顾问丰·歌德（按照正将他做谈话资料的温泉旅馆旅客簿上的写法）和他的两位忠实的仆人，老仆斯塔铁曼和秘书琼恩，歌德在这世纪中的著作，差不多全部都经过这位秘书的手。三个人没一个开口。原来出发赴魏玛的时候，许多年轻太太和姑娘们抱吻这位离去的人，从此这老人的嘴唇便一动也不想再动了。他凝然地兀坐在马车中，唯有沉思而拘执的目光，表示了他心头的动摇。在第一个宿头下车的时候，他的两位从人见他忙忙地在手边的纸片上用铅笔书写。一路上，到魏玛为止，每逢出发休息的空隙，他就是不停地写。在屠奥托，第二天在哈廷堡，在厄格，后来又在佩忒内克，每逢到一处，第一件事便是将车上所想的一切，很快地写成文字。日记中记得很简单：“整理诗作”（9 月 6 日），“星期继续作诗”（9 月 7 日），“在途中推敲诗句”（9 月 12 日）；而事实，一到目的地的魏玛，这作品便完成了。这作品就是对自己最亲切，因之也是他可爱的晚年意义最深的诗，作为悲壮的诀别与勇敢之复活的《玛丽安白的悲歌》。

歌德尝在谈话之中，称此诗为“内心状态的日记”，而且在他一生日记中之每一页，恐怕也从没有像这作品一般，将其发生与形成，在我们之前如此明了坦白地表示过。这是从他内在的感情中产生出来的痛苦的疑问和告白。在他青春时代任何抒情的发露，也没有这样从动机与事件直接产生的作品。我们无论在任何作品上，也不能另外看见“为我们所准备的，这样杰出的诗篇”，一位七十四岁的老人，这极深妙，极圆熟，诚如秋果一般光辉的晚熟之诗，如是从一笔到一笔，从一行到一行，从时间到时间直接形成的作品。他对爱凯曼称此诗为“最高的热情之产物”；同时，这作品又兼有形式之最高贵的制御。所以它明快而同时藏着秘密。形象化了生命之火最炎烈的一刹那间。在他多歧而热闹的一生之中，这光辉的一页，即使在百年后的今日，也一点儿不褪色，一点儿不显得陈旧。而且今后几百年之中，这 9 月 5 日的一天，也将值得后世的德国民族永远保留在记忆与感情之中。

在这篇页，这诗作，这时间之上，高高地辉耀着新生的稀有的明星。1822 年 2 月，歌德患了沉重的病，剧烈的恶感战栗五体，已经有几次失了意识至数小时之久。他自己也预觉到危险了。医生们诊不出显明的征兆，只是预感危险，而无从施手。不料这病，跟突然到来一般，又突然地消失了，到了6月，歌德完全变了另外一个人，到玛丽安白去了。因此这一次的发疾，看去只像是内心的返老还童，一种“新青春期”的兆候。这位沉默、硬性而严肃的人，所有诗的气质完全罩上了学问的硬壳，经过了几十年之久，重新变成一个纯感情者。正如他自己所说，“音乐撞开了深闭的心”，几乎不含着泪，是不能奏批霞娜的，特别是听了史乞孟夫斯加那样美妇人的弹奏。他以极度的冲动追求青春。朋友们惊奇地看见这位七十四岁的老翁，整夜地与女子周旋，重新开始荒疏了多年的跳舞，听他得意扬扬地说，“在交换舞伴的时候，十有五次找到年轻漂亮的女孩子”。他那硬性的本质，在这年夏天中，奇妙地融化了，他的灵魂展开了，终于被俘于古代的妖术，那永远的魔法。日记中无心地泄露了“和解的梦”，“老年维特”重新在他的身上复活。与妇女的接近，使他精神饱满，作一些小诗，做一些轻松的游戏和玩笑，正如在半世纪以前，跟以前的爱人丽黎·雪内曼的时代一般。女性对象的选择还没有决定。遭遇他这康复的感情的女子，第一个是一位美丽的波兰妇人，其次则为十九岁的伍丽葛·丰·荔维特芙。十五年前，他爱过尊敬过她的母亲；一年前，他像父亲一般，还和这“小姑娘”逗着玩。但现在，这气氛昂扬而化作热情，一种新的病症击袭他的全部气质，一种以几年来从来未有的深度动摇了他。七十四岁的老翁跟孩子一般地轻佻起来。一听到她在窗外的笑声，马上放下了工作，帽子也不戴，司的克也不带，跳跳蹦蹦地跑去找那女孩子。而且真的，他跟一个青年男子一般，向她提出求婚。总之，演了悲剧中极易变半人兽森林之神沙蒂尔式的极奇妙的戏剧。悄悄地和医生商谈之后，歌德便将心事告诉最好的朋友魏玛大公，托他为自己向荔维错芙夫人提出对她小姐伍丽葛的求婚。大公回想五十年来与他一同度过的疯狂的妇人之夜，不免注视着他，现出不怀好意的快心的微笑。看着这位不仅德国，而且全欧洲的贤者中的贤者，在这世纪中被尊为最成熟最洗练的人物的人。为着这位满胸佩着勋章的七十四岁的老翁，大公便走去向姑娘的母亲提出对那位十九岁姑娘的求婚。我们不大明白回答的内容——总之，答复是并不迅速，似乎含糊地拖延了。于是歌德仅仅获得一些简单的亲吻和好意的慰藉，而成为一个焦躁的求婚者。而且想再度占有可爱之青春的欲望，却愈益剧烈地起伏于他的心胸。这位永远郁抑的人，为着想到刹那间最高的宠爱，又做一度的奋斗。他忠实地从玛丽安白追踪爱人到喀斯白德，在这儿和他热烈的愿望相反，所见到的仅仅是不安；随着夏季的渐暮，他的烦恼只是增加。终于得不到任何期待，差不多没有一点儿收获的希望，近来了决定的局势。于是，此刻坐在马车上的时候，这位伟大的预感者，终于感到他生平最疯狂的事件，已经告终了。但是那位深刻的永远痛苦的朋友，在他心情晴朗的时候，总是作为一个安慰者，栖息在他的身边。在这位苦恼者的身上，有一位叫作天才的东西卑躬屈膝地奉侍着他，而天才并非在现世中见到安慰，天才是使唤着神灵的。与过去无数次的经验一般，歌德现在又最后一次从经验逃避到诗作中。而且在对这最后恩宠的感谢之中，这七十四岁的老翁，为他这首诗，写上了四十年前所作的泰梭的诗句，好似一件新物一般，再次深深地吟味。

当人们为痛苦而沉默的时候
神将使我们说出我们的痛苦

二

被内心疑问的不安所动摇，失却了气力的这位老翁，坐在这辆前进的马车中沉思。今天早上一清晨，伍丽葛和她的妹子，跑到我处做此“不安的别离”，那青春可爱的红唇，虽然亲吻着我，但这亲吻是温情的，还是女孩式的呢？她将始终爱我，还是立刻将我忘怀呢？焦躁地盼待丰厚遗产的儿子和媳妇，他们不会反对我的结婚吗？世人不会嘲笑我吗？明年我不会衰老起来被她所厌弃吗？如果和她会见，这再会又有什么可希望的呢？

种种的疑问不安地起伏着。突然，一个最根本的疑问形成了诗歌的行列与节奏——疑问与焦急变成了诗，神“使之说出他的痛苦”。

纵使再会于我又有何望？
在今天，这花儿还未开放。
天国地狱都展立你的眼前，
我的心情为何摇荡摇荡？

这样地由于特殊的混沌，痛苦反而奇异地净化，流注到水晶般的诗句中。当诗人彷徨在精神状态的混沌的急迫、那“郁陶的雾围气”中时，他的眼忽然举向上方，从隆隆前进的马车中，他望见倍门的风景，幽静的晨朝正对他的信念显示神圣的和平。于是目前所见的风景画幅，已灌进他的诗中。

世界还存在吗？岩壁，
它还戴着神圣的阴影之冠吗？
五谷已成熟了吗？绿的大地，
通过林丛与牧场，还跟河流伸展吗？
而且那超越大地的天空，
形成诸相又消失，还描写着穹窿吗？

在他看来这样的世界是太没有灵魂了。当此热情的刹那，只有将一切结合了爱人的姿影才能把握。于是这回忆便奇妙地形成神圣化的复活。

多轻灵和雅，明丽和优柔，
从崇岩之云的合唱，如天女飘飘，
如彼姝之容颜，在青青灵氛之边缘，
庄严的妙相，矗立在阳焰之中！
于是你见欢乐酣舞的她，
可爱的，无上可爱的她的画像。

在今朝，若有若无之中，
唯与彼姝同在，方能保持面容。
在这儿，映出彼姝重叠之画像，

在众多妇女之上，只见一个人面，
多可爱，千倍，多些，更多些。

但是和魔术一般，伍丽葛的容颜一被呼出，立刻官能地形象化了，他描写她接受自己“一节节地”提高他的幸福；她做了最后的接吻之后，又将“更后的”接在他的唇上；而且这老年的诗人，在幸福之回忆的欢悦中，以崇高的形式，获得德文和他国文字所创造的献身与恋爱之感情的最纯粹的诗句。

在净明的我的胸头，波动，
对更高、更净的，不识之物，
解释永远无名者之谜，
成为以满心感激进而献身的勉励。
我乃名之为虔诚！我在伊前，
感觉获得这最幸福的高度。

但在这最幸福状态的追味之中，这位孤独者痛苦着现在的别离，终于以几乎碎裂般的痛苦，只有在直接经验的自然变化中，数年一度而实现的感觉的直率性，迸出了这伟大诗篇的崇高而悲歌的气氛。这种诉述是使人感动的。

然则别离者啊，而今刹那
什么是适者呢？我不能回答。
她给我美和无数的善，

这只是繁重的负荷，无可逃遁，
除了无尽的泪，更无可为，
顽执的憧憬，紧紧地追迫着我。

于是，最后的可怕的叫号，几乎提高到极度了。

将我遗弃在此处吧，忠实的旅伴，
在苔蒸沼泽之岩边，独自一人。
去吧，世途只为你们而展开，
大地浩浩，天空高高，
搜微集细，省察，深究，
一语破的，道出自然之秘奥。

我的一切消失，一身空虚，
成为神之宠儿，相去无几。
神将赐我以潘陀拉，
这装满珠宝与危险之锦匣。
神将我推到天赐丰裕的门边，
后来又将我拉开，使我灭亡。

这位永远抑制热情的人，从不曾鸣响过这样的诗句。他知道隐藏青年的自己，抑制男子的自己，永远几乎每每只用影像、暗示与象征，泄露着深奥的秘密，但在此处，他第一次以一老人而迂缓地自由地打开了感情。五十年来，这感情的人，这伟大的抒情诗人，从没一次，如他生平最可纪念的危机，这不能忘怀的一页似的面目跃然。

三

在歌德自己，似乎也颇以此诗为命运稀有的恩物。一回到魏玛，在没有着手他种工作与家务之前，第一件动手的，便是亲自将此诗的草稿誊清。三天工夫像寺院的和尚一般，在无穷的纸上，雄劲的字体写下这首诗；而且对身边的家人，无论如何亲近的人都守着秘密，自行保藏起来。为了恐怕多嘴的人轻浮地传扬开去，连装订都亲自动手。原稿装上红摩洛哥皮的封面（后来改用蓝色的上等麻布，现在还可以从歌德席勒丛书中见到），用丝线订好。他有好几天闷闷不乐。他的结婚计划在家属中博得了嘲笑，从儿子处显然受了憎恶的发作。只有在诗的行句之中，他才能与爱人同在。美丽的波兰妇人史乞孟诺夫斯加重新来访的时候，渐渐恢复了在玛丽安白时的感情，使他心头和解了。到了 10 月 27 那一天，他将爱凯曼叫进自己的屋子里。从他那开始朗诵时的特别庄重的神情，已知他对此诗抱着不比寻常的爱好。仆人先须将两支蜡烛放在台上，然后叫爱凯曼坐在这烛光之前，请他读这首悲歌。慢慢地，这首诗也给别人看了，但只有极亲近的人才能听到。因为，据爱凯曼的话，歌德守护这首诗“犹如神圣的宝物”。此诗对他的生平有特别的意义，从此后的几个月中已经可以知道了。这位返老还童者的健康状态，不久就到来了破灭。他好似又走近死亡，从卧床到沙发，从沙发到卧床，拖移着身子，找不到安息。媳妇出门去旅行了，儿子是满心憎恨，没有一个人照料安慰这老年的孤独者。无疑是别的友人叫了来的，从柏林到来了最知心的友人采尔泰。他立刻看出精神上的烈焰。他惊心地写道：“我所见到的，正如一个因青春的烦恼，全身感觉着恋欲，全心全力的恋欲的人。”为了使老人痊好，他几次“以心的共鸣”，朗诵这特殊的诗篇，但歌德是永远不会听够的。其次，逐渐恢复的病人，写道：“你以充满感情的柔和的音调，几次使我倾心静听，这实是一种奇妙的因缘。不知什么缘故，它使我这样地爱好。”接着，又这样地写道：“我不能和它分离，但我们如果能一起生活，你必须永远朗诵，歌唱，到能会背。”

这样地，到来了采尔泰所说“使他受伤的枪又治好了他的伤”。我们不妨说——歌德以这首诗救出了自己。终于，烦恼克服了；最后的悲怆的希望消失了；与可爱的“小姑娘”做世俗之结婚的梦告终了。他知道不能再到玛丽安白与喀斯白德去，不能再走进浑浑噩噩者的游戏社会，从此以后，他的生活专注于工作。这位经过试验的人，绝望了命运的新生，而另一种伟大的言辞步入了他的生活圈内，这言辞便是完成。他重新以严正的眼，注视创作六十年来的作品之上，这是很割裂很散乱的。他决心虽不能重新来过，至少得把它编集起来。订好出版“全集”的契约，获得了版权的保障。迷惑于十九岁姑娘的爱，再度灌注到青年时代的两位老友威廉·迈斯推尔与浮士德身上。矍铄地提起了创作的笔，从褪色的稿纸中，重振前一世纪的计划。在八十岁以前，完成了《漫游时代》，而八十一岁的老翁，以英雄的气概，着手于毕生大业的《浮士德》，越过那悲剧的命运之日七年而完成了；以作悲歌同样的虔诚，又以封印与秘密，掩蔽了世人的眼睛。

最后的欲念与最后的绝念，出发与完成，在感情的这两个领域之间，与喀斯白德的诀别，与恋爱的诀别，这9月5日，精神转变的不可遗忘的刹那，成为一个起点，以震人的哀哭而永久化了。我们不妨说，这一天是值得纪念的。在经过一世纪的今日，仍可以虔诚之念唤起这个记忆。而事实上，从此时以来，德意志的文学还完全不曾有过敌得这首有力的诗的泼辣之感情的奔放，官能的堂皇的诗。

黄金乡的发现

新大陆西部开发奇谈

欧洲的厌倦者

1834年，有一只走美洲的轻船从鲁佛开到纽约去。一个叫苏台尔的三十一岁的亡命之徒，是巴塞尔附近黎南堡地方的人，因为在欧洲的法院里犯了案子，正搭在这条船上，巴不得早点儿越过这片大西洋。他是一个破产者、一个强盗、一个伪造支票的人，丢下了妻子和三个孩子，在巴黎假造了一张护照，多少筹划了一点儿旅费，走上开辟新生的旅路。他在7月7日到达纽约，在那儿整整两年工夫从事了许多胜任和不胜任的工作，运输人、杂货商人、牙科医生、草药郎中，以及零卖店的伙计。后来自己开了一家菜馆，不久又盘给人家，跟着那时候一股奇怪的潮流移居到密失里去。他在那儿垦荒，多少挣了一份家计，原可以安安心心定居下来了，可是在他家门口，常常有各种各样的人，匆匆忙忙地来去，那些是毛皮商人、猎人、冒险家、军队；有从西部来的，也有上西部去的。“西部”这个名字，渐渐带一种神秘的性质。开头走过去，只有大草地接连着大草地，几天，几星期没有一个白人的影子，只有红黑皮肤的土著赶着大群大群的水牛，以后是从来没有人攀登过的山岳接连着山岳，翻过这些山岳，便是一片无人识知的、跟童话一般以财富著称的未开垦的国土——加利福尼亚。流着牛奶和蜂蜜的乐园，每个人都可以占有的土地——但是太远，远得无边无际，要到手可真是不容易的事。

苏台尔涌起了冒险的血潮，他再也不能安安静静耕种自己美好的田园。1837 年的某日，他卖掉全部财产，备办了车子、马匹和水牛，从福特·因地攀丹移居到那个未知的国土去了。

到加利福尼亚去

1838 年，他和两个军官、五个传教士和三个女子，坐着牛车向无边的旷野行去。通过了草地和草地，终于越过面向太平洋的高山。他们旅行了三个月，在 10 月底到了凡·古伐。两个军官把他丢了，传教士走到这儿，再也不愿前进，三个女人因为受不住路上的困苦，已经死了。

他只剩了一个人，人家想留他住在凡·古伐，替他谋个职业——他不答应，加利福尼亚这个神奇的名字，在心中不住地召唤他。他驾一条简陋的帆船，渡过太平洋到桑特惠契岛。历尽无限的艰难，通过阿拉斯加沿岸，终于在一个叫作圣法郎西斯哥(即旧金山)的荒凉的海港上登陆。这时候圣法郎西斯哥并不是大震灾以后分外繁荣，人口几百万的今日的大都市——它不过由于一个叫作法郎西斯哥传教士的传教而得名的荒僻的渔村。它也不是西部加利福尼亚州的首府，而是新大陆沃土上未经栽培的，还没有开过花的一片荒地。

强力政权的缺乏，民风的蛮野，劳作动物和人力的不足，没有可用的精力，分外增加了这片西班牙殖民地的混乱。苏台尔借了一匹马，到撒可敏兰的丰沃的山区去察看。一天工夫便看出这地方不但可以造成一个大农场、一个大领地，而且还可以造成一个大王国。第二天，他到荒凉的首府蒙德雷去求见地方官亚佛赖特，申请领垦这块土地。他从岛上带来了一批加拿大土人，决定继续不断地有规则地招募这些勤劳耐苦的黑人，实行移民，担任起建设小王国殖民地新瑞士的责任。

“为什么要叫新瑞士呢?”地方官问他。

“我是瑞士共和国的国民。”

“好吧，照你的意思去办，规定十年期限。”

事业很急速地完成了。在离开文化千哩的土地，一个人的精力，便比在自己的故乡发挥出不同的价值。

新瑞士

1839 年，有一队行商在撒克拉敏沿岸迤逦而行。打头的是武装骑马的苏台尔，以后是三个白人，接着是一百五十名短衣的加拿大土人，然后三十辆装着粮食、种子、弹药的牛车、五十匹马、七十五头骡子，还有奶牛、山羊，和短短的一队后卫队——这便是出发建设新瑞士的全部兵马。

在他们面前燃起一片大火，那些黑幢幢的森林用火来烧，自然比用斧斤去开辟更为便利。火焰展开了一片大地，他们就在燃烬的树根上着手工作起来。建造仓房，凿井，在无须加锄的地面播下了种子，给无数的牲口建起了圈栏。于是从邻接的地方，孤零的传教区中涌来了增殖的余流。

意外的好结果，五百倍的大收成，谷仓都装满了，牲口繁殖了几千。不管领区内种种的困难以及为了远征侵扰领内的土人的艰苦战争，新瑞士终于在热带上作了无限广大的发展。掘运河、造水车、建工场，河中有舟楫往来，苏台尔不但管领了凡·古伐、桑特惠契岛，而且照管停泊加利福尼亚的一切帆船，栽培果木。这便是现在世界有名的加利福尼亚水果。看呀！这是多么巨大的发展。他从法国，从莱茵河流域采办了葡萄树，几年之后，种遍了广大的土地。他又自己造房子，开辟丰沃的农场，花了一百八十天的路程远远地从巴黎带来勃拉厄尔的批霞娜。六十头大水牛和蒸汽机，从纽约越过大陆运来了。他和英国、法国的大银行开了往来，四十五岁的苏台尔登上了胜利的顶点，他想起了十四年前丢下的妻儿，便写信去招他们同来。现在一切都在他的手中，他是新瑞士的君主、世界第一大富翁，而且将来还是。终于美国也从墨西哥手里夺回这片放弃了的殖民地，于是，又有了安全的保障。直到以后，几年之间苏台尔的确是世界第一个大富翁。

命运的一锄

1848 年的 1 月，木匠马歇尔气呼呼地跑到苏台尔的家里，一定要求见面。苏台尔骇了一跳，他昨天刚叫马歇尔到科罗马那边的农场去建造新的材料房，现在他不经许可突然回来了，十分兴奋地站在他的面前，将他拉进屋子里把门闭上了，从衣袋里拿出一握夹着几粒黄块的沙土，昨天他在泥沟边发现这奇妙的金属，他相信这一定是金矿，但别人都付之一笑。苏台尔把沙土抓在手里，脸上转色了，他立刻去试验，一点儿不错，是黄金。他马上决定次日同马歇尔骑马到农场里去，这便是震动世界、疯魔万众的一个人。他处心积虑要使所有的黄金成为自己的东西，天还没有亮便冒着风雨走了。

第二天早上，苏台尔大佐已到了科罗马。人们切断了水路，把沙掏起来用筛子筛去了泥土，金沙便在网眼上灿然地发光。苏台尔约同在场的白人，要他们在材料房造好以前，不把这消息泄露出去。后来，他肃然地回到农场里。一种遥窅的思想，使他大大地感动，从来没有黄金是这样显明地撒在地上的。现在这土地是属于他的，苏台尔的财产一夜工夫好似飞渡了十年的岁月，他变成世界第一个大富翁了。

黄金狂

世界第一个大富翁？不——地上第一个穷人，顶顶悲惨的绝望的乞丐！一星期后秘密泄露了。一个女人——泄露秘密的总是女人！——把这秘密告诉了一个过路的人，给了他几粒金沙。于是在这儿发生了天下无比的大事。苏台儿的手下立刻抛开了自己的工作，铁匠离开了铁工场，牧人离开了牲口，种葡萄的离开了葡萄园，兵士离开了枪，各人放弃自己的职守，人人抱着莫大的欲望，立刻捧着筛子锅铲向材料房跑来，想从沙土里掏出金子来。不多几时，整个领土立刻荒凉了，奶牛没人榨奶，乳房胀得发痛；水牛突破了牛栏，践踏了田作，田作上的作物都践烂了；制酪场静悄悄的；仓房崩塌了；大工厂的齿轮车停止了回转。电报越过国境报道了黄金的消息。立刻，从到处的城市、海港，人们汹涌而来，水手弃掉了船，官吏弃掉了衙署，徒步的、骑马的、赶车的，形成漫长的队伍，从东方接连不断地向西而来。黄金狂号召了成千成万的淘金者。他们除了拳头不知道法律，除了手枪不知道命令，一群狂暴的无赖汉，拥满了开放黄金之花的殖民地，他们把一切都看作无主之物，没有人敢抵抗他们。他们屠杀苏台尔的奶牛，砍倒苏台尔的仓房，造自己的住屋，糟蹋他的耕地，偷盗他的农具——于是，顷刻之间，苏台尔好似童话中的那位得了点金术的国王，变成一无所有的穷人，窒息在自己的黄金之中。

这种寻找黄金的暴徒愈来愈多，消息向全世界传去，单单从纽约就有一百条船出口，还有从德国，从英国、法国、西班牙等国，在 1848 年到 1851 年这四年之间，来了许许多多冒险家的集团，有许多人绕过好望角，也有许多性急的，因为海路太远，情愿走危险的路，渡过巴拿马地峡从陆路来，有一家善于投机的公司，立刻在地峡上开辟了一条铁路。那时候有成千的工人炎热而死，可是因此性急的人省去了三四星期的行程，走到了这黄金之乡，各种不同的人种与各种不同音语的人，许多大队的行商，穿过大陆陆续地到来，大家把苏台尔所有的田地当作自己的私物，胡乱地掏掘起来。这块有政府文件保障的属于苏台尔的旧金山，以做梦一般的速度造成一个都会，一些陌生的人任意地买卖他的地产，于是他的王国——新瑞士这个名字便在黄金乡加利福尼亚这神秘的名字底下消失了。

苏台尔第二天破产了。他茫然地注视着这万恶的泉源。开始，他还想利用他的财力号召手下人和同伴们让他一同开掘。但是人家把他丢弃了，他只好退出这黄金地带，回到近山区的僻远的农场里。离开那些可诅咒的水流和沙土，回到隐居的农场里。他的太太和三个儿子刚刚从欧洲赶到来会他，太太完成了十几年的心愿，却不胜旅途的颠顿溘然长逝了。现在他只有三个儿子、八条手臂了。于是苏台尔同儿子一起开始农事。第二次的开始。不过这次是和三个儿子一起，他沉静地、顽强地站起脚来，利用这现实的沃土。他的心头再一次怀抱着巨大的计划。

诉　　讼

1850 年，加利福尼亚编入合众国联邦，在严格的纪律下，在富庶以后，秩序终于到了这黄金的国土。无政府状态停止了。法律获得了威权。

于是苏台尔突然提出了他的要求，他宣布全部旧金山的土地是属于他所有。因这所有权的分割，国家有赔偿损失的义务，从这地上所采出的金矿，他也要求自己的主权，一个人类从来没有想到过的大数字，提出在他对法院的诉讼中，他的被告是移居在他领地内的一万七千二百二十一名农业家，他向他们催促交还侵占的地产，他向加利福尼亚州政府要求二千五百万金元偿还他所开设的道路、水道、桥梁、水车等物的费用，又向联邦政府要求二千五百万金元作为侵占他的地产及从这儿所运出的金矿部分的损失赔偿。他为了要打这场官司，叫大儿子爱弥尔到华盛顿去学习法律，又把新农场所得的巨大的收入，全部作为打官司的费用。整整四年，他经过许多法院，打这一场大官司。

1855 年 3 月 15 日，这讼事判决了。加利福尼亚的最高长官，清廉的法官汤姆生，承认苏台尔的土地所有权完全合法，绝对不得侵占。这一天苏台尔完成了多年的目的，重新变成世界第一个大富翁。

结　果

世界第一个大富翁？不！还是不对，是一个穷极的乞丐，受着最不幸打击的人，命运又重新反抗他，给他一下致命的打击，而且这一次打击使他再也抬不起头来了。当判决的消息一传达开来的时候，旧金山全个城立刻发生了扰动，受了威胁的地主，街头游手好闲的人，喜欢趁火打劫唯恐天下不乱的朋友们，组成了成万人的队伍，放火攻入大理院，要找法官殴辱。一大群想抢劫苏台尔财产的人浩荡出发。大儿子被强盗包围，用手枪自杀了；第二个儿子被杀；第三个儿子逃掉，在路上淹死了。大火烧过新瑞士，烧掉了苏台尔的新农场，葡萄树砍倒了，家具金钱财物抢走了，广大的土地残酷而疯狂地刹那间化成荒野。只有苏台尔逃出了一条命。

苏台尔再不能从这个大打击之下重新站立起来。他的事业已化成灰烬，他的妻子死了，他的理性错乱了，只有一个念头扎根在他昏眩的脑海里，自己的主权和诉讼。

以后经过了二十五年，一个精力衰败身体孱弱的老头儿还徘徊在华盛顿大理院的门外。这个穿肮脏的外衣、破皮鞋，人称为要求十万万金元大将军的老头子，所有衙门里的门房都认识他。还常常有一种滑头律师，直到现在还帮他去上诉，骗他最后的一点儿养老费。他不要黄金，而且最恨的就是黄金，黄金使他赤贫了，杀死了他的儿子，破灭了他的生涯。他要的是自己的主权，拥护自己的主权，如像普通倔强的健讼家一般，充满着满心的愤恨专打官司。他向上议院请求，又向议会请愿，向一切扶助他的人表明自己的心迹。于是他们把证件打扮起来，使他穿上滑稽的服装，像稻草人一般，将他从这个衙门拉到那个衙门，从这个委员拉到那个委员。这样地从 1860 年一直到 1880 年整整地又继续了二十年。二十年可怜的乞丐时代。他每天给所有的吏人作嘲笑之的，给街头的顽童作恶剧的玩物，徘徊在议院的门外。这便是地上最丰沃的土地所有主。在这土地上是这个大王国的第二大都会，正在日增繁荣。但人家总是叫他等候，于是在 1880 年 7 月 17 日的午后，他终于在议院大门的石阶上心脏麻痹而死了——人家运走了一个乞丐的死尸。一个死了的乞丐，但是衣袋里藏着一份抗议书，这抗议书保障他及他的承继人，依据世界上所有的法律，有权要求世界上最大的一笔财产。

现在再没有人来请求苏台尔的遗产，也没有一个承继人提出他的要求。旧金山依然存在，全国建立在这片未知的土地上，在这儿，依然没有人能提出权利。只有一位艺术家勃莱思·山特赖思，为他追忆这个苏台尔，至少提出了伟大运命的唯一的权利，给后人惊奇回忆的权利。

英雄的一刹那

法场上的陀思妥耶夫斯基

午夜，他从梦中惊醒，
指挥刀碰着地窟作声。
一声喝令，威胁的阴影，
瑟索地战栗，像幽灵。
人家把他一推，走廊深处门打开，
沉长而黑暗，黑暗而沉长。
铁闩锐鸣，铁门锵然地响。
忽然，他感到天空的寒冷。
像活动的坟墓，正等着马车一辆。
跄踉地，他被推进车厢。
在身边，紧紧系着铁链，
九个同难的伴侣，
沉默的，苍白的脸。
谁也不则一声，
每个人都知道，

被送去的方向，在滚滚车轮下
寄托在轮辐里的
自己短促的生命。

马车戛然地停止，
车门叽吱地打开，
从窗槅的后面，
黑暗窄狭的世界一片，
幽深倦怠的眼，向他们凝注。
密密的房舍，
低低的屋顶，丑陋的檐板，
包围着黑暗积雪的广场。

迷雾挂起灰白的纱帘，
笼罩了刑场。
只有曙色透出寒冷的红光，
掠过金黄的教堂的墙。

一队人默默地走去，
一个中尉宣读判决书。
叛逆罪，枪决。
死刑！
语声像一块石头，
击中静寂寒冷的镜面。

犹如破裂的音响，
凛然地作声，
而且立刻，这空虚的音浪，
消沉在寒晓的静静的
无声的坟墓。

一切眼前的情景，
他宛然如在梦境，
终于，知道了不可逃避的命运。
一个人走来，向沉默的他，
打开了白色的飘动的尸衣。
与同伴，交换着最后的遗言，
以热烈的眸子，
和无声的雄哮，
对着牧师慰勉地送上的
十字架上的救主接了热烈的吻。
于是，十名囚人，
三名一队，用绳子
缚上各自的刑柱。

已经有
一名骑兵骤马而来，
对着枪刺他正待把眼睛闭下，
这儿——他想：这就是最后！

在这永远的失明之前，
他的眼是多么地需求
看看这头上顶着天空的
世界的狭小的一角。
他瞪视，映在曙光中的教堂。
在教堂的外边，
如祝福的最后之圣餐，
灼燃着洋溢的神圣之霞光。
忽然他幸福地伸出双手，
如乞求死后的神之生命……

终于，人家以夜的帷幕，蒙住了他的双眼。

于是，在体内，
而今沸腾起绚烂的血流。
他的完成了的生涯，
从这血流之中，
呈现为滔滔的满潮。
但是他感觉，
呈献于死的，刹那间的，
一切失却的过去，
重新飘上灵魂的沙洲。
他的生涯重新觉醒，
在胸中显出了影像。

褪色的、失却的、灰色的童年，
父亲母亲，兄弟和妻子，
三方的友情，两杯的欢乐，
一醉的荣名，一把的污辱。

追求影像的冲动，炽燃而蔓延，
失却的青春，随着血流同来，
他又一度，深密地感觉了生涯，
一直到被缚在刑柱上的
这一刹那间为止。
接连着的想念，
是又黑又重的
阴影投在灵魂之上。
忽然，
他觉得有一人向他走来，
一个黑色的沉默的步子，
近来，更近来，
手按心口，试着心的脉动，
弱……更弱……已经停息了——
只要一刹那——万事便要完了。

一队骑兵，
在他们面前排成严厉的行列……
枪带摇荡……枪机拉上……

鼓声劈空地鸣响，
千岁的行程，凝结于片刻。

正在这刹那，一声叫喊：
停止！
闪烁一张白的纸片，
走出一个军官。
他的嗓音洪亮，
裂破了期待的静寂：
皇帝
隆恩浩荡，
取消判决，
改处轻刑。

语声在空中异响，
来不及了解其中的含义。
于是，血的流，
重新在脉管中红红地崩动，
唱起低低的歌。
死神，
从僵硬的关节，迟疑地爬动，
于是，还被遮掩的眼，
感觉到外边的永远之光的抚拂。

狱长

默默地给解去了绳缚，

双手，像割下的白桦的树皮，

白色的掩眼的布

从他灼热的额上剥去。

眼睛从坟墓中跌跄地站起，

恐怖、眩惑和衰弱，

重新期待手掌的挨擦，

在已遭拒绝的生命之中。

于是，他看见，

在升起的朝阳光中

神秘地灼燃着，

那优雅的金黄的教堂之屋顶。

朝阳丰丽的玫红，

以神圣的祈祷缠绕着教堂的周围，

闪烁的柱顶，

挂在十字架的手，

把神圣的剑欢乐地迎着赤光，

高高地指点着云边。

在这儿，晨光中，铮然地

呈现在神之圆顶，教堂的屋巅。

光之流，

把灼热的浪，

投向一切鸣动的空际。

迷雾

如烟般消去。

犹如负去一切现世的黑暗，

在尊严的清晨的彩光中。

一种欢声从地底升腾，

宛如

各种声音，并成一种合唱。

而他是而今始得听闻，

一切现世的苦痛，

声声炽燃的悲愁，

多么热烈地诉述世上的不平。

他听闻：幼小者和弱者的声音，

遇人不淑的妇女之声，

自嘲自叹的娼妓之声，

被藐视者的怨嗟，

任何笑容不能感动的寂寞的人们。

他听闻：孩子和悲泣者的声诉，

和被秘密诱惑者的无力的诉苦。

他听闻：一切悲苦的人们，

被忘却，愚蠢者，被嘲谑的人，

一切街头，一切日子中

无冠的殉难者们。

他听闻：他们的声音，而且听闻：

他们的声音变成多么强烈的音调，
升腾于展开的天空。
而且他看见，
苦恼的生命，把人们
用钝重的幸福黏着在地上，
只有悲愁，得上帝的特许而升腾。
于是，上天的光明扩展无际，
和现世的悲愁的
升腾的合唱的
巨浪在一起。
而且他识得，他们大家的怨诉，
和上帝的垂听，
上帝的天恩似的垂听！
上帝不裁判
那贫穷的人们。
无边的慈爱
正以永劫之光，燃起神之殿堂。
《启示录》的骑士们分散开去，
在死的正中，对那生的体验者，
使悲愁变成欢乐，欢乐变成痛苦。
已经有
火的天使，向地上游去，
以痛苦的生之神圣的爱光，
向他放射，

直到深深浸透他战栗的心脏。

忽然，他跌跄地
崩折，多么舒适地。
他忽然感到全世界，
而这是无限的忧愁。
他全身战栗，
白的泡沫洗着齿床，
脸容痉挛地，歪斜，
而祝福的泪
潸然地湿了尸衣。
终于，他感觉，
刚尝着死神的苦唇，
心头又触到了生命的甜蜜。
他的灵魂渴求着苛责和痛策，
而且他悟得，自己
在这一秒钟间，已变成
那千年的古昔，站立于十字架下的
第二的真神，
而且也和神一般，
在那热烈的死之接吻以后，
正因悲愁而识得生之可恋。

兵士把他从刑柱带下，

苍白的

气绝似的他的脸。

木然地，他被推进了行列里。

他的目光，

从此不同寻常，多么深沉地注视内心，

在战栗的口唇的四边，飘着

那卡拉马佐夫的黄色的笑。

南极争霸战

南纬九十度下的悲剧

为获得大地而斗争

放观二十世纪的世界，已经没有任何地方再保藏着秘密了。一切的土地都探过险，连荒远的海底也已经掏掘过。在一世纪前还没有人知道的地方，托庇于上天的厚惠，舒舒服服地蒙眬微睡的风物现在已经为着欧洲的需要，而做奴隶似的服务。甚至探索了好久的尼罗河的发源地，也已经有轮船可以到达了；刚在半世纪前才被欧洲人见到的维多利亚瀑布，也已顺从地供给着电力；世界最后的荒野，亚马孙河的森林也已经被人开发，唯一的处女地西藏地区，也已经被人冲开了。古老地图，地球仪上所谓“未知的土地”这个名字，已被既知的手涂抹掉了。二十世纪的人类，对于自己所居住的这个星球已经十分熟悉。探究者已开始寻觅新的道路，潜入于深海去拜访幻想中的动物，升入到漫无际垠的天空，所谓前人未踏的道路，只有在天空中还可以找到，自从地球对于人类的好奇心成为无用，再也没有什么秘密以来，已经有一种叫作飞机的钢铁的燕子，为获得新高度和新距离而互相争霸。

但是一个最后的谜，到本世纪为止还把地球的纯洁从人类的眼中遮蔽着的，地球这被扰乱的躯体的两个清静部分，却还逃出在人类的好奇心之外。地球这身体的脊梁——南极和北极，这两个几乎只是悬想的抽象的地域，虽然地轴在它们的四周回转了不知几千万年，地球却还保守了这两个地域的纯洁，没有冒犯了神圣。为了守住这最后的秘密，地球特地在它们面前张上一道冰的栅栏，以永远的严冬作卫兵，拒绝那贪婪无厌的人类。酷寒与暴风，在大门的四周绕上一道森严的壁垒，战栗和危险用死的威胁驱逐冒险家。连太阳对这秘密的圈子也不过偶然地偷望一眼，何况是人类的眼睛，当然决不容许张望的。

几千年来，接连着一次又一次的探险，每次都走不到目的地，直到最近才被人发现，在透明的冰棺中，那位雄心大胆的安特莱的尸体，已经静静地躺了三十三年，他想驾气球飞过地极，而成了不归之客。任何勇猛的进军，碰上这酷寒的晶莹的壁垒，都被撞得粉碎。从几千年的古代一直到今天，地球把这一面深深地掩覆着，像处女一般的地球的怕羞的心，抵御了世界的好奇。

但是年轻的二十世纪还是焦灼地伸出了手，它在实验室里炼制了新的武器，发明抵抗危险的新的甲胄，所有的阻碍只是增加它的好奇心。它要明了所有一切的真理，它要把几千年来办不到的事情在十年中办到。许多个人的勇气，再加各个民族的竞争。各民族已不仅为到达地极而斗争，他们还要抢在别人的先头，把优胜旗插上这个未开的处女地上。各色人种，各个民族的十字旗，为着获取这个由于热烈的憧憬而神圣化了的圣地，都奋起了。从世界各地接连不断地进行着向地极的长征。人类都焦灼地在期待，他们知道，这是地球的最后的秘密。从美洲、伯力和古克作远征北极的部署，同时又有两条船开到南极去，前者由挪威人亚蒙森，后者由英人史各德上校率领。

史各德

史各德，英国海军中的一位上校，一个人。他的传记和海军级位册子是一致的。他驯顺地为他的长官服役，后来，参加了夏克尔东的远征队。没有一点儿特出的经历，足以预示这位英雄和神人的面目。他的脸，从照片上看来，是跟千千万万的英国人一样的脸，冷静、干练，没有肌肉的活动，是以蕴藏的精力坚固凝结着的。眼睛像精钢一样放出寒光，嘴唇紧紧地闭着。由于意志和实际主义的物欲，这脸上没有一条浪漫谛克的线条，也见不到明朗的光辉。他的文字也是英国式的，迅速而切实，没有荫翳和修饰，他的文体明白、正确、抓住实际，没有报告文那种空想成分。像泰基杜斯写拉丁文一样，史各德用没有砌齐的方石一般的文体书写英文。我们从这儿感觉到一个几乎没有梦想的人，对于实际的狂热的信徒，一个纯粹英国种族的人，在这种族中，甚至天才的特性也被嵌进在高度的克尽义务的透彻的形式中了。这姓史各德的，在英国历史中至少出现过一百次，他占领印度和多岛海上的不知名的群岛，殖民于美洲，又打胜了对世界的战斗，永远不失去其铁一样的精力，集中的意识，冷静而沉着的脸。

当他一开始参加事业时，便令人感到他的意志是钢铁一样的坚强，史各德决心完成夏克尔东所开始的事业。他做远征的准备，而资力并不充足，但这不能阻止他。他把自己的土地卖掉，借了债，他终于准备完成了。年轻的太太养了一个男孩子——他是海克托尔（荷马伊利亚特中的英雄）。接着，他毫不踌躇地丢弃了安特罗玛克（海克托尔之妻）。他很快地找到了赞助的友人和同行者，世界上没有任何东西能够阻挠他的意志。把他们送到南冰洋边上去的这条奇异的船，题名为“新土地”。这奇异的船，跟诺亚的方舟一般，满载着活的动物，同时又有几千种机械和书籍的近代式的实验室。事实上，凡人类精神肉体所需的一切，是必须带到这空虚的无人世界去的。于是，原始人的素朴的防寒具、皮革、毛皮、活动物，就得和近代式的精制装备中最精致的东西，在这条船中做了奇妙的结合。同这条船一样，他的全部计划，也完全带着奇妙的二重性，说是冒险，却是跟事物一样计划好了的冒险，有一切经过详密思考的技术的大胆的行为——有精密筹算的无限性，和偶然的比这个更强的无限性的对立。

1910 年 6 月 1 日，他们从英国出发。那时安格罗撒克逊的土地正辉耀着阳光。牧场带着水汽的露，一碧如染，太阳在无雾的世界上，煦和而灿烂地发着光辉。他们深深感动地眺望着逝去的海岸。他们知道必须有数年之久要睽别热和阳光，而且其中有许多人，或者这次就是永远的离别。但船头上的英国旗在风中翩翩飘舞，世界的记号正在跟着他们前进，一直向被占领的地球上的尚无主人的唯一的界线，他们这样地想着，安慰了自己。

南极的天地

在纽西兰小作休息之后，在 1 月里，他们在永远冰海中的爱房司海峡登陆，建筑了度冬的房子。在这儿，12 月和 1 月称为夏季，长年之中，只有在这时期，每天有几小时太阳在白金属一般的天空中吐出光芒。用木材造的墙壁，跟以前的远征队一样，但在室内，就看出时代的进步来。在那时候，他们的先驱者只是坐在又臭又暗淡的鱼油灯光中，互相看望同伴的面孔，厌倦地度着没有阳光的单调枯燥的岁月，而这一批二十世纪的人，在他们四边的墙上，就有了全世界全科学的缩图。电石灯毫不吝惜地散发着苍白而暖和的光，放映机把远方的风景，热带的影画，从温带风景中出现在他们的面前，自动批霞娜奏着音乐，留声机唱着歌，书籍传述这时代的知识。地质学家用放射能试验矿石，动物学家在捉来的企鹅身上发现新的寄生虫，气象观测和物理实验交换地进行着，在黑暗的几个月之中，各人做着各人的事，于是一个明智的机构，把孤立的研究变成为共同的启发。因为这些二十世纪的人们，每晚在流冰和类似北极的酷寒之中，举行着大学讲座一般的讲演，各把自己的学科传授给别人，在这样热烈的交谈之中，他们的世界观就变成了完整的东西。在这儿，研究专门化的各人的自负都抛弃了，大家在集体中寻求理解。在一个元素似的原始世界之中心，完全孤立于超时代中的这二十个人，互相交换二十世纪的最新的研究成果。在这儿，不但有世界时钟的时间，而且连一秒一秒都可以感觉得到。当我们读到他们在《圣诞节》中，在他们所出的滑稽小报《南极时报》中的闹小玩意儿的情形，海上浮出一条鲸鱼，一匹小马掉到海里，这一切小事件，和他们惊人的体验、灼目的极光、战栗的酷寒、巨大的孤独等异常事件，都一样变成日常习惯的情形，对于这些严肃的人们，实觉到深深的感动。在这期间，他们举行小规模的进军。他们试验自动车的橇，学习溜雪，训练狗。他们准备大旅行的贮藏品，等待从家乡带着他们的信冲开流冰而来船的夏季，日历非常缓慢地一张张地翻过去。小队小队的人，为了锻炼身体，在严寒的冬天，举行白昼的旅行，试验篷帐生活，培养经验。一切不是都顺顺调调的，各色各样的困难却增加了他们新的勇气。当他们冻坏了，精疲力尽地，从一次远足回来，他们便被欢呼声，被火炉的温和的光所欢迎，于是在南纬七十七度的这个小小的欢乐之家，对于经历过几天困苦饥寒的他们，便成为世界中最幸福的安乐窝了。有一次，远足队从西边回来，他们的报告把满座的人都惊呆了。他们在远足的路上，发现了亚蒙森的冬营。史各德立刻知道，除了酷寒和危险之外，还有一个人，正在与自己竞争，从顽强的地球取得秘密的第一人的荣誉。这就是挪威人亚蒙森。他从地图上测量距离，知道亚蒙森冬营的位置，比自己接近地极有百十公里之多，他大大地惊愕了，但他决不丧气。“为了祖国的荣誉，迅速！”他十分矜持地在日记上这样写着。

亚蒙森的名字在他的日记上只写过一次，从此就没有第二次。但是这天以后，包围在寂寞冰国中的这所垦子上，人人感到袭来一阵不安的阴霾。而且从此以后，不论睡着或醒着，这个名字无时无刻不使他感到不安。

向地极出发

去小屋约一哩许，专为瞭望用的高地上，步哨不绝地交替。在那险峻的山岗上，孤零零地设定了一种装置，好像一门炮，用来对付看不见的敌人，这是测验将要到来的太阳的初步光热征象的。他们日日夜夜地盼望着太阳的出现。高高的黎明的天空中，已经显出了反射的光，一种灼热的奇异的色彩，太阳还没有在地平线上升起来，但这个太阳将要到来的充满魔术的光线的天空，这反射的幻影，已经使那些盼待的人感到欢欣鼓舞。最后，电话的铃声，从小屋的光角上，震响了人们欢腾的耳鼓。太阳出来了。在隔绝了几个月之后，冬之长夜的空中，约莫有一小时的样子，太阳露出了脸。它的光线很弱，完全是苍白的，几乎很难烘暖那冻凝了的空气，闪耀在装置中的光波，也几乎很难显示明白的征兆，但是，仅仅这样的一瞥，也足够使他们觉得幸福。为了连片刻也不让荒废地利用这个光，他们像疯一般地，急急忙忙做好了远征的准备。这在我们温带的生活概念看来，虽依然是严冽的寒冬，但在他们看来，却是春夏秋三季同时到来了。先头是滑板汽车发出吼声向前疾驰，跟着西伯利亚种的小马和狗所拖的橇。行程划分几个段落，都预先计划好，每处设一个站，留下贮藏物，足够两天的使用，使归途中可以得到新的衣服、粮食，以及最重要的煤油，在无边严寒中凝结的热力。全部队合力前进，然后陆续分队回来，选为地极征服者的最后的小队，则携带尽可能的辎重，和最好的牲口、最好的橇。

计划得非常周密，连将要遇到的一切灾难都预先估计好了，而这些灾难也果然发生了。在两天行旅之后，滑板汽车倒毁而不能行驶了，它变成了无用的负担。小马也不如预计那样顺利，但有机体毕竟比技术工具好些，掉队的牲口，只得在半途上开枪打死，变成了狗的滋补的食品，把狗喂得更强壮了。

1911 年 11 月 1 日，他们分成几个小队出发。我们在后来的绘画中，就可以看到这个漂流于无人的原始世界的白色荒野中的、逐渐减少下去的奇怪的旅队，最先是三十人，以后是二十人，再以后是十人，到最后只成了寥寥五人。队伍的先头，总是那个满头满脸包着毛皮和布片的野蛮人一般的人，在他脸上，只有胡子和眼睛留在外边。裹着毛皮的手，拉住了拽橇的小马的缰绳；在他的后边，跟着装束和姿态完全相同的人，后边再跟着一个，二十个黑点，在一望无垠的白雪之中，依着一条线路一点一点地连续着。晚上，他们躲在篷帐里，在背风向的雪堆中挖了洞穴，安顿他们的小马；到了次晨，便又冲开几千年以来从未吸进过人的喘息的凝冻似的空气，重新开始孤寂的行旅。

但不安是一天天地增加起来，接连几天恶劣的天气，他们往往在预定四十公里的行程中只走了三十公里。但是自从他们知道，在这荒寂的天地之中，虽然目不能见，却从另一方向，已经有另外一个人，正向着同一的目标前进，他们的每一天便变得更为宝贵了。无论任何一件细小的事件，在这儿都有扩大为危险的可能。一只狗逃跑了，一匹马绝食了——在这荒野之中，事物的价值已起了剧变，像这种细小的事，都变成了大家不安的原因。

在这儿，所有活着的东西，都有不可计算的价值，简直是没有东西可以代换的。每匹小马的四只蹄子，都有着不朽的价值，孕蓄黑暗的天空，可能会阻挠这永远的事业。在这时候，人的健康状态，也是很痛苦的大事，有几个人变成了雪盲，有的冻坏了手脚，因为喂食不能调匀，小马渐渐衰弱了，结果，在伯特摩尔冰河的面前，他们都累倒了。因此，他们不得不宰杀牲口，在这荒寂的天地中，在两年的集体生活中，已经成为朋友，人人都叫得出名字，时时都加以抚摸的这些活泼的牲口。“屠场”，他们如此称呼这伤心的地方。队中的一部分，就在这血腥的地方分手归还，其他的一部分，则准备迈进于最后的奋斗，冲过危险的冰墙，越过冰河，踏上凶恶的险道。地极就是被这样的冰墙蜿蜒包围着的，只有蓬蓬勃勃的人类的灼热的意志能够把它冲破。

进行的效率逐渐减退，雪变成了有壳的粒子，橇已经无法拖拽，他们只好驼着走。硬的冰块割碎了滑板，在粗雪中行走的脚，都割破了。但是，他们没有气馁。12 月 30 日，他们走到了夏克尔东所到达的最终点——南纬七十八度。在这儿，最后的一个分队归还了，只有特别选拔的五个人，被允许一起行动。史各德剔出了许多人，被剔的人都不能反对，但目的地就在面前，仍不得不走回头去，把目睹地极的荣誉留给别人，心里总有点儿不快。但骰子已经掷了出来。他们就只能一次次地互相握手，努力隐藏住自己的兴奋，离开了前进的队伍，一边，向着南方的未知的土地；一边，回到北方的故乡，大家一次次地回头顾望，留恋着亲爱的共同生活者，一会儿，互相望不见了。这被选的五人，史各德、鲍威士、奥妥、威尔生和爱房士，便一步步在寂寥中向未知的土地前进。

南　　极

在他们最后几天的日记中，逐渐地显出了不安的气氛，好似罗盘的苍白的针头，一近南极就索索地战栗起来：

“阴影在我们的身边慢慢地逼拢来了，它从我们的右边向前面移动，然后又从前面绕向左边，静悄悄地远行着，它会变得无限的沉长吧！”

但同时，又到来了渐渐开朗的光辉，热情愈来愈高的史各德，记着被自己所克服的距离：

“离地极一百五十公里，这样的远呀！”他这样地还显示了疲乏的样子。又过了两天：

“离地极尚有一百三十七公里，但今后是更难走了。”但接着又显出得意的神情：

“离地极九十四公里！我们虽然还没有到达，但已经是这样的近。”1 月 14 日的记录中，希望已变成了真实的信心：

“只有七十公里了，目的就在眼前！”第二天的记录中，更显出了明快的欢声：

“只有五十公里了，我们一定要走到，不管花任何的代价！”从这生气盎然的文字之中，我们深深地感到，是一种怎样强烈的希望，充满着他的憧憬，因为期待和焦急，一切东西是怎样在他的神经中战栗着。目的物已经接近了。他们的手，已经伸向这地球的最后的秘密。只要一次最后的跃进，目的便到达了。

1 月 16 日

“精神百倍”，日记中这样地写着。他们比任何一天都早地开始准备。一种赶快看见那奇美的秘密的焦灼的心，使他们从睡囊中爬出身来。五个不屈不挠的男儿，到了下午，又前进了十四公里，他们精神抖擞地望着没有生灵的白皑皑的荒野，迈步前进。现在，目的物再也不曾失去了，人类的伟业，立刻就可以完成了。突然，队伍中的一人，鲍威士心里不安起来了，他的眼睛灼热地盯住了荒凉雪野中的远远的一个黑点，他没有勇气把自己的臆测说出口来，然而他的怕人的心事：“莫不是别人已经在这里立上了路标?”终于每个同行者胸头忐忑起来了。他们努力装作镇静的神气，他们说：那是冰原的裂痕，要不然，便是蜃楼的反照，恰如罗宾逊发现了岛上的陌生的脚印，勉强把它认为是自己的，而终于还是半信半疑的样子。他们一边前进，一边感觉神经的震撼，终于愈来愈接近那个黑点了，不是想互相欺骗，虽然他们已经十分明白：挪威人的那个探险家，事实上已经比他们先到来了。

在遗留下的宿营地的残迹上，一张高高的竖立在橇台上的黑旗子，这一件事实很快地就打破了他们的疑窦——雪橇的滑板和许多狗爪所留下的痕迹。亚蒙森曾经在这儿宿过野营。匪夷所思的人间的怪事，在这儿发生了。几千年来没有一个生灵，几千年来，不，原始以来，没被人类的眼所窥见过的这个地球的绝域，仅仅在十五天的短时期内，却被人发现了两次。而他们，却是第二次到达的人了——在几百万月中仅仅只迟了一月——先到的已经夺去了一切，在人类的霸业上，再也没有后到者的地位。于是一切的努力都化为徒然，忍受过的艰苦变成愚蠢，几周来，几月来，几年来的希望成了虚妄。“一切艰难，一切困苦，一切心血——到底为了什么呢?”史各德在日记上这样地写着，“除了一个破碎的梦，什么也没有了。”每个人眼中噙着酸泪，虽然是极度的疲劳，还是整夜地不能入眠。原想在欢呼中勇猛前进的这次向地极的最后的行进，却继之以消沉，绝望，好似判了罪的囚人一般的心情。没有一个人能够安慰他的同伴，他们只默默地拖拽着自己的身子行走。1 月 18 日，史各德上校和他的四位同伴到达了地极。先到者留下的痕迹，已不能眩惑他们的眼睛，他们只是举起黯淡的目光，眺望着那荒寂的景物。“在这儿，什么也见不到，和最后几天的可怕的单调不相同的东西，什么也见不到。”——这便是劳伯忒·史各德关于南极的一切的记载。在这里所发现的特异的东西，并不是由自然之手，而是由竞争之手所遗留下的。这便是亚蒙森的帐幕。挪威的国旗在已被人类攻占了的堡垒上，正带着无敌的胜利的喜悦，翩然地飘扬着。一封信在这儿等待着他的后来者，请求把这个消息带给挪威的国王赫孔。史各德忠实地接受了这个残酷的义务，原想作为自己的霸业而热烈追求着的，却变成为他的霸业，而向世界去充当证人。他们悄然地把英国旗，这“迟到的 Union Jack”插在亚蒙森的胜利的标志之旁。然后，他们离去了这个“伤害了他们名誉心的地方”，寒风在他们的身后吹送。史各德以预言的犹疑这样地在日记中写道：“归路是多么的可怕呀!”

破　绽

归路的进行，更增加了十倍的危险。向地极进行时的道路，是有罗盘针指示的。现在在归路上，在整整几个星期之中，他们一次也不能迷失了自己的足痕，这样地，他们必得注意，不要错失了路上的贮藏所，在那里，预先贮好了衣服、粮食、火油。大风雪吹得他们眼睛也张不开来，危险一步一步向他们迫近，稍稍迷失一个方向，就只能向死亡走去。在那时候，初来时的蓬勃的精神已经消失了。初来时，丰足的食粮的化学的精力，和南极圈中的故乡似的温暖的营舍，还使他们有足够的热力。

但是现在，他们胸中钢铁似的意志的弹簧已经松弛了。向地极进发时，全人类的好奇和憧憬，结晶于他们身心中的希望，以不朽的事业的意识，把他们的精力，英雄式地凝聚起来，成为一种超人的力。而现在，他们的奋斗，只不过是为身体肤发的保全，和心里虽然憧憬着，毕竟还是害怕着的无面目的回乡。

阅读当时的记录，也是一件可怕的事。天气是接连地恶化起来，冬天比平时来得早，柔软的雪，在皮鞋外边积成一层铁一样的皮，走一步陷一步，酷寒威迫着疲劳困惫的身体。因此，当他们经过几天的彷徨和漂泊，重又走到一处贮藏所的时候，总是刹那地举起了欢声，谈话也火焰一般地燃烧起来。但研究家的威尔生，就在这样与死为邻的场所，也仍继续着他的科学的观察，在自己的雪橇上，除了必需的行李之外，还装着十六公斤珍奇的矿石，尽力地拖拽着不肯丢弃，庄严地证明了这些人们的精神的英雄主义。

但是自然的伟力，却在这儿以数千年来蓄养而成的峻严的力，对这五位探险家，动员了酷寒、风、雪，渐次地压倒了人类的意气。早就脱了皮的两脚，每天只吃一次热食的身体，因为缺少了一天的食粮，就变得衰弱而不便行动了。有一天，同伴们知道队中气力最大的爱房士忽然转出了奇怪的念头，不禁都恐惧了。他在路上站下来，不断地申诉着实际和空想的烦恼，这些奇怪的话，使大家明白，这位不幸者已因过度的苦痛而变得疯狂了。如何来处置他呢？把他丢弃在雪地里吗？他们是非赶快到达下一贮藏所不可的，要不——史各德再没有勇气来想象那情形了。2 月 17 日晚上一点钟，这位不幸的军人，在离那“屠场”只有一天行程的地方死了。在“屠场”上，他们一个月前杀小马时留下的食物，又重新得到了。

现在，他们只有四个人继续前进，不料走到下一个贮藏所时，立刻发现新的残酷的失望。这儿只有很少的一点儿油。于是他们就不能不节约最重要的燃料，抵抗酷寒唯一武器的热。跟随着狂风中摇撼的冰块一般的寒夜，从不充足的睡眠中醒来时，他们已经再也没有气力把毡靴穿上两脚。可是，他们还是拖拽着身子行走。他们中的一个，奥妥的脚趾已经溃烂了。风吹得更加狂烈了。3 月 1 日，他们又到达了一个贮藏所，但燃料还是很少，又使他们经历一度痛苦的失望。

终于，心中的不安从言语中透露了出来。我们看出史各德正在极力抑制恐怖的心理，但是对自己同伴之间的绝望的心声，已渐渐地频繁起来，他的强制的镇静已被突破，高声的叫喊迸裂出来了："我们再也不能前进了！""上帝呀，救救我们吧！我们再也没有奋斗的力量了！"而且变成了恐怖的绝望："救救吧，神呀！我们对于人类是完全没有指望了。"但他们还是无望地咬紧着牙齿，尽力地拽着自己的身子。奥妥愈来愈衰弱，再也不能共同行进，对于同伴，他已不是助手而是累赘。在正午的零下四十二度的温度下，他们又耽误了进行的路程，这不幸的人，他知道自己贻害了同伴。他们已经准备了最后的一着，每人从研究家威尔生的手中，分到十片吗啡，以备万不得已的时候，用来促进自己的灭亡。他们又同病人一起赶了一天的行程。以后，这不幸的人，请求他们把自己在睡囊中丢下，让自己和他们的命运分离开来。他们虽然十分了解他要减少他们负担的心，但终于坚决地拒绝了他的要求。病人又拽着冻烂的脚支撑了两三公里，跟同伴们走到晚上的宿营地。他和同伴们睡到第二天早晨。他们向营外望时，一片暴风正在猛烈地狂啸。

奥妥忽然站起来，他向同伴说："我往外边走一走去，也许不立刻回来。"别的人都感到一阵战栗，每个人都明白这出去是什么意义，但是没有人说一句来留住他，也没有人向他作离别的握手。英尼思基林龙骑兵队长劳伦斯·奥妥，英雄的，从容赴死的精神，每个人都有一种虔敬的感念。三个精疲力竭的人，通过钢铁一般坚冰封锁的旷野，拽着身子向前走去，完全的疲劳，失望，只有自我保存的钝拙的本能，集中于踉跟漫步的意志之中。气候是愈来愈险恶了，每一所路上留下的贮藏所，只有极少的油，极少的热，绝望地嘲弄着他们。3 月 21 日，离贮藏所只有二十公里的地方，因为狂风怒号，他们没法子离开营幕。为着打算一整天跑到目的地，想等到天亮赶路，但是食粮没有了，最后的希望消失了，燃料完了，寒暑表指着零下四十度，一切的希望断绝了，他们现在只有冻死或是饿死的路。在一星期之内，这三个人，在白雪的原始世界中，小小的营幕中，抗争着不可逃避的最后。3 月 29 日，他们知道，任何奇迹都已不能救援他们了。他们再没有方法来抵抗目前的灾祸，他们便决心骄傲地忍耐着死亡，跟忍耐一切的不幸一般。他们便钻进自己的睡囊中，在他们最后的痛苦之中，没有泄出一声叹息到这个世界上。

死者的遗书

外边，是狂风猛击着浮薄的幕帐，眼前是看不见的紧迫生命的死亡，当寂然地正面着这样情景的一刹那间，史各德上校思念一切与自己联系着的同社会的人们。在没有接触一点儿人声的冷严的沉默之中，他悲壮地意识到对国家对人类的骨肉之爱。曾经一度以爱情、真诚、友谊而结合的一切人们的面影，从内在的精神的幻象，在这白雪的旷野中一一显现出来，他现在对这些人作了最后的致辞。史各德上校以战栗的手指，在临终之前，向这一切爱者写了他的遗书。

这是一些多么宝贵的书简，一切细节，在这里，从强力的死的接近中被一一地记述着，好似没有生物栖息的天空的清澄的空气，正渗透在这些书简里面。这些信虽然指定给某几个人，但他的话是对全人类说的。这些信虽然是对一个时代写的，但却是对永恒的世界在说。

他给妻子写了信，要她专心保护自己最高的遗产——儿子，再三地告诫不可怠懒。而且在世界史上最崇高的一件壮业告终的时候，他告白了自己的情况：“你知道，为了使我努力勤精，我是必须强制自己的——我有的是怠懒的天性。”面临于灭亡之前，他还感叹地称赞着自己的决心：“关于这一次的探险，真是一言难尽，但比之坐守家园，晏然自处，这是不知要有意义得多少呢!”接着，为了证明他们的英雄的行为，他又给同伴们的母亲和妻子，写了最诚挚的友谊的书信。他虽正在独自赴死，但对于这刹那间的伟大，这可纪念的灭亡，以强烈的超人的感情，安慰着那些遗族们。他又给朋友们写信，不是为自己，而是为全民族洋溢着高昂的自负，作为祖国的、有价值的儿女，在这刹那间，他这样地感觉到自己：“我不知是不是一个伟大的发现者。”他告白着说：“但我们的最后，正证明了刚勇的精神和坚忍的耐心，还没有在我们的种族中消失。”男性的坚定和纯洁的心，在一生之中封锁了他的发言的，这种友谊的告白，终于以死之手揭去了它的封条。“在我一生之中，我从不曾遇见像你这样可敬可爱的人。”他对朋友这样写道，“但我从不能表示过一次，你的友谊对我的意义，这是因为你给我的是这样多，而我给你的是什么也没有。”

以后，他又以全部遗书中最美也是最后的遗书给英国的人民。他不能不声辩，在为英国荣誉而斗争的这一场恶斗中，自己的并无过失的失败。他列举自己所遭的许多不幸的偶然事故，而且由于死的反响，用奇异的壮肃的情调，向全英人民要求不要遗忘他的遗族。他的最后的心念，一直到达于自己的命运之彼岸。

但他的最后的遗言，却不是关于自己的死，而是说到别人的生。“请照顾我的遗族呀!”以后，纸上就只有空白了。

指头冻僵了，铅笔在他硬的手中落下，直到这极限的一刹那间，史各德上校一直写他的日记。他希望有人会在他尸体的旁边，发现这些足以证明自己，证明英吉利种族的勇气的纸张，他就这样地继续着超人的努力。作为最后的一句，从他僵硬的战栗的指下，添加了这样的一句：“请把这日记交给我的妻子!”但他的手却以峻烈的锋芒，把“我的妻子”一字抹去，改写成可怕的一字“我的寡妻!”

回　　声

队员们在营舍里等了几个星期，开始是完全深信无疑的，渐渐地担忧起来，终于愈来愈不安心了。他们派出了两次救援队，都因气候恶劣而退了回来。整整一个冬天，这个失却领导的部队，在营舍中毫无目的地度着日子，灾祸的阴影照得他们的胸头愈来愈暗。这几个月中，劳伯忒·史各德上校的运命与事业，完全锁闭在白雪和沉默之中，而结果，也永远封闭于透明的冰棺之中，北国的春天一直到10月29日，救援队又出发搜索，他们至少希望发现英雄们的尸体和留下的报告。于是，在11月12日，救援队到达了遗留的幕帐里，才知道英雄们的尸体已冻结在睡囊中了。史各德在临死的时候，还紧紧抱着威尔生，好似亲兄弟一般。他们又发现了那些遗书，而且在悲剧英雄的墓上，竖立了一个墓标。一柄朴陋的黑色的十字架，在永久秘密的荒白的世界中，为着证明人类的英雄的事业，越过一个冰雪的丘冈，寂然地矗立着。

但是，他们的事业已经意想不到地、光荣地复活了。新时代的技术世界的伟绩呀！他的同伴们把照相底片带回国来，经过化学药水洗涤，影子显现了。探险途上的史各德的雄姿和他的同伴们一起再现了，那南极的风景，除了亚蒙森只有他知道的，也又一度可以在影片上见到了。他的语重心长的遗书、报告，经过电线的传达，飞向世人的惊叹的眼。在本国的大教堂里，国王为哀悼这些英雄而跪拜。于是，认为徒劳无功的事业，却结了果实；被忘却的人们，却变成被人类纷纷传颂的一种向困难顽抗、凝集人类精力的标帜了。从一位英雄的死亡中，生命毅然地作为对敌而复活，升腾了一种意志，一种从破灭中，向无穷上升的意志。功利心是在偶然的机缘中、轻易的成功中生长的，但是人们对抗那不能战胜的命运而陷于灭亡，那些几多次由诗人所构造，以及现实生活几千次所造就的，在任何时代都是最崇高的这种悲剧场面，没有东西比它更足以提高人们的高尚的灵魂了。

译者后记

这儿的五个历史小品，是从史推芬·支魏格（Stefan Zweig，今通译斯蒂芬·茨威格）的一本《人生的际遇》（*Sternstunden der Menschheit*）中选择出来的。作者是现代奥地利的著名作家，在纳粹统治时期流亡美国，正当第二次世界大战打得最剧烈的时候，他在巴西自杀，引起了世界的哀悼。他的思想和艺术的著作很丰富，我国的文坛上也介绍过他的不少的短篇作品。他尤以优秀的传记作家知名，重要的著作各国都有译本。在我国，记得杨人鞭君曾经译过他的《罗曼·罗兰》（*Romain Rolland*），这是我们所有罗曼·罗兰传记及思想研究的唯一的一册完整的书。他最主要的传记著作是 1920 年到 1928 年陆续出版的三部《世界的创造者》（*Baumeister der welt*）。第一部为《三巨匠》（*Drei Meister*）出版于 1920 年，为巴尔扎克、狄更斯、陀思妥耶夫斯基三位文艺巨匠的评传。第二部《与恶魔斗争》（*Der Kampf mit dem Dämon*），是亨台林、克拉伊思忒、尼采等德国三大艺术及思想家的评传，出版于 1925 年。1928 年出版了第三部《三作家的生平》（*Drei*

Dichter ihres Lebens），为卡莎诺伐、史丹达尔、托尔斯泰三人的评传。本书则出版于1927年，这是把世界史上非常人物的非常际遇，特别汲取其富于戏剧性的事业成败的转折点，用纯粹的艺术绘画的笔触，加以形象化了的美丽的历史小品。比之大气磅礴的《世界的创造者》那九位大艺人、大思想者的传记，则好似雄浑的巨幅壁画和精细的小件雕镂的不同。

他的传记作品都是一种思想批判，而作品本身就是一种独立的艺术创作。他写作上的有力的武器，就是凝缩与构筑的手法。他那些著作，几乎不是写而是描绘、构筑出来的。他简朴地勾勒出传主的肖像和作品及事件的轮廓，但不以文学的、美学的意义，而是为了呈示一个诗的全人格的阴影。他轻视细节材料的堆积为"纸制的学问"，不但充分精选素材，而且只于最有效果的时候才去运用素材。他不大拘泥传记的格律，而一意由艺术家对于本质的深刻观察，建筑关于人物的散文作品。它有鲜丽的色彩、独特的见解、绚烂的想象，而基础上则具备着严格的构图和建筑力，通体洋溢着与名音乐家的乐曲一样富于光泽的谐和。

他有作为学者基本原动力的心理上的好奇心，搜集材料的耐性，高深广博的学养，熟悉事物的价值、过去与现在的重大的联系性和对于未来的预见的眼，以及作为一个伟大的散文作家的必要条件，一种与自己所写的对象，体受着共同经验、共同理解的感情的移入性。

凡这一切卓越的特点，即使在译出的几个小品上，我们也可以深深地体味到的。

最后，值得附带在这儿提及，译述本书的动机，是在敌伪统治下，上海文坛群丑猖獗，进步文化完全窒息的时期，唯一的冒着残害的危险，艰苦地支持了狂海的独木舟的，是友人柯灵兄所编的一本通俗月刊，我就译了这些东西作为小小的声援。因此在今天重新抚摸的时候，虽然是贫乏可怜的业绩，总感觉着每个字都留着潜居时间的泪痕和血渍，而深深感到自珍。效洵兄鼓励我拿来出版，便补译了最后的两篇，同时觉得原名的命定论的气味太浓厚，就擅自改定了现在所用的书名：《历史的刹那间》。

译者

1946 年 7 月

这本书稿于 1946 年交效洵兄主持编务的一家书店付印，不料那家书店忽然被国民党反动派的魔手摧残，没有能够印成，原稿在上海友人的家里，默默地躺了两年。1949 年 11 月由京去沪，经柯灵兄提醒，才拿来重新付印，谨向历次帮助我的友人致谢。

译者

又记于 1950 年 2 月 北京

图书在版编目(CIP)数据

蒙派乃思的葡萄 /(法) 斐烈普著 ; 楼适夷译. —
北京 :中国文史出版社, 2021.1
(楼适夷译文集)
ISBN 978-7-5205-1570-2

Ⅰ. ①蒙… Ⅱ. ①斐… ②楼… Ⅲ. ①中篇小说-小说集-法国-近代②短篇小说-法国-近代 Ⅳ. ①I565.44

中国版本图书馆 CIP 数据核字(2019)第 250738 号

责任编辑:薛媛媛

出版发行:**中国文史出版社**
社　　址:北京市海淀区西八里庄路 69 号院　邮编:100142
电　　话:010-81136606　81136602　81136603 (发行部)
传　　真:010-81136655
印　　装:北京新华印刷有限公司
经　　销:全国新华书店
开　　本:720×1020　1/16
印　　张:15.75　　字数:158 千字
版　　次:2021 年 1 月第 1 版
印　　次:2021 年 1 月第 1 次印刷
定　　价:55.00 元